U0756568

山东文化体验廊道故事丛书·下编

聊城
历史文化故事

LIAOCHENG LISHI
WENHUA GUSHI

总编纂　王志民
主　编　周广骞

山东文艺出版社

图书在版编目（CIP）数据

聊城历史文化故事 / 周广骞主编. — 济南：山东文
艺出版社，2023.9
（山东文化体验廊道故事丛书）
ISBN 978-7-5329-6979-1

Ⅰ. ①聊… Ⅱ. ①周… Ⅲ. ①历史故事—作品集—
中国 Ⅳ. ①I247.81

中国国家版本馆CIP数据核字（2023）第153818号

聊城历史文化故事
LIAOCHENG LISHI WENHUA GUSHI

总编纂　王志民　　主编　周广骞

主管单位	山东出版传媒股份有限公司	
出版发行	山东文艺出版社	
社　　址	山东省济南市英雄山路189号	
邮　　编	250002	
网　　址	www.sdwypress.com	

读者服务	0531-82098776（总编室）
	0531-82098775（市场营销部）
电子邮箱	sdwy@sdpress.com.cn

印　　刷	山东临沂新华印刷物流集团有限责任公司
开　　本	880毫米×1230毫米　1/32
印　　张	7.375
字　　数	155千
版　　次	2023年9月第1版
印　　次	2023年9月第1次印刷
书　　号	ISBN 978-7-5329-6979-1
定　　价	59.00元

前　言

　　党的二十大报告明确提出："坚守中华文化立场，提炼展示中华文明的精神标识和文化精髓，加快构建中国话语和中国叙事体系，讲好中国故事、传播好中国声音，展现可信、可爱、可敬的中国形象。"习近平总书记在文化传承发展座谈会上深刻指出，要在新起点上继续推动文化繁荣、建设文化强国、建设中华民族现代文明。编纂出版《山东文化体验廊道故事丛书》（以下简称《丛书》）是深入学习贯彻党的二十大精神和习近平总书记重要指示精神，贯彻落实山东省委、省政府关于打造文化"两创"新标杆部署要求的重要举措，是立足山东文化资源优势，以沿黄河、沿大运河、沿齐长城、沿黄渤海和沿胶济铁路等文化体验廊道为轴线，以各市文化体验廊道建设为着力点，撷取历史文化精华的大型普及性学术工程，是在新的历史起点上讲好山东故事、坚定文化自信、推动文化繁荣、促进文旅结合的重点文化项目。

　　山东，古称"齐鲁之邦"，是中华文明最重要的发源地之一。奔流的黄河由山东入海，齐鲁大地是黄河文明的核心区域之一。巍峨屹立的泰山，自古以来就是历代帝王封禅之地，是中国东方上层文化的活动中心，1987年被联合国教科文组织列为中国第一个世界文化、自然双重遗产。黄渤海环绕的山东半岛是全国最大的半岛，漫长海岸线形成了丰厚的海洋文化资源，一直是中国北方海上丝绸之路的重要门户。山东又是伟大思想家、教育家孔子和孟子的故乡，是儒家文化的发源地，是中国人乃至全球华人、华裔心中的"圣地"。在被称为中华文明"轴心时代"的春秋战国时期，齐鲁是中华文明的"重心"所在：诸子百家，多出齐鲁；儒墨显学，独领风骚。齐国故都临淄，是当时最大的工商业都城，被国际足联命名为"足球起源地"；这里诞生了中国历史上最早的大学堂——稷下学宫，是诸子百家争鸣的学术文化中心；齐长城西起济水，东到大海，蜿蜒于泰沂山脉，全长一千余里，是现存最早的有准确遗迹可考、保存状况较好的古代长城；被列为世界文化遗产名录的京杭大运河，纵贯山东南北，极大影响了元明清以来山东地区的经济文化发展，鲁西沿岸城市带的崛起，成为中国南北文化交流融合的运河明珠，见证了山东地区社会文化的隆替嬗变。近代以来，随着烟台、青岛等沿海城市的崛起和胶济铁路的修筑，山东成为中西文化交流、冲突、碰撞、融合的核心地区之一，收回青岛主权成为"五四"爱国运动的导火索。革命战争年代，山东党政军民用生命和鲜血凝聚而成的"党群同心、军民情深、水乳交融、生死与共"的"沂蒙精神"，是齐鲁优秀文化、伟大建党精神与中国共产党领导的人民革命英雄主义精神的集中体现，是对山东境内沂蒙、胶东、渤海、鲁西（冀鲁豫边区）

等抗日革命根据地红色文化、革命精神的集中凝练和概括，与延安精神、井冈山精神、西柏坡精神等一起成为中国共产党人精神谱系的重要组成部分。齐鲁文化在中华文明发展中的特殊地位，山东地区源远流长、丰富厚重的文化资源，坚定文化自信和自觉的历史责任担当是我们举全省之力编纂《丛书》的内在动力。

《丛书》以国家文化公园建设为引领，以落实文化"两创"、推动"两个结合"为宗旨，以推动全省及各市文化建设为目标，是具有权威性、故事性、可读性、趣味性的历史故事集成，是一套可携带、可利用、可转化的文化读本。《丛书》分为上、下两编，上编16本，围绕"四廊一线"文化体验廊道、八大文化传承发展片区展开。"四廊一线"构筑的沿黄河、沿大运河、沿齐长城、沿黄渤海、沿胶济铁路的文化交通线纵横交错，相互联系又各具特色，其特点是以脍炙人口的故事形式联通"四廊一线"的人物事迹、重点景区、遗址遗迹等，厚植文化体验廊道的思想内涵和文化底蕴。八大文化传承发展片区，既涵盖了沂蒙、渤海、鲁西、胶东四大红色文化片区，又吸收了泰山文化、儒学文化、齐文化作为重要支撑，演奏出山东历史文化、革命文化、社会主义先进文化的时代交响。下编16本，紧紧围绕各地市优势和特色展开，主要记述本地区历史故事、文化遗址与人文景观、非物质文化遗产等内容，是推动文化廊道落地、推进片区文化建设、增强文化认同、深化文旅体验的重要载体。

《丛书》由山东省委常委、宣传部部长白玉刚统筹谋划和指导，省委宣传部专门组建学术编纂委员会负责具体实施，省直各有关部门和各市委宣传部给予大力支持配合，省内相关高校、研究机构和各市有关单位共100余位专家学者积极参与，历经酝酿策划、启动实施、提纲设计、样稿研讨、通稿审稿、编辑出版等六个阶段。2022年以来，省委、省政府先后印发《关于打造中华优秀传统文化"两创"新标杆行动计划（2022—2025年）》《关于建设文化体验廊道推动文旅融合高质量发展的实施计划（2023—2025年）》，全方位挖掘展现山东人文沃土可以深度耕作的比较优势，为《丛书》编纂做好了思想、学术和组织准备。具体编纂过程中，省委宣传部专门印发《关于做好〈丛书〉编纂工作的指导意见》，统一思想认识，作出全面部署。编委会以线上线下形式，多次召开全体会议和分组专题会议，狠抓三个重要工作节点：**一是审定编撰提纲**。通过反复研讨、交流、修改、会审等形式逐一审定编写提纲，最大程度保证全书质量。**二是树立样稿典型**。集中力量撰写、反复研讨修改，确定分类样稿，做好典型导引。**三是全力做好通稿统审**。采用主编初审、各卷主编交流互审、学术专家主审、首席专家终审等层层把关、集中审查、反复修改的方式提高稿件质量。

回顾《丛书》编纂工作，始终注意把握好以下四个方面：**一是坚定文化自信**。通过挖掘历史资料、开发历史资源、恢复历史场景等形式，获取文化营养，坚定文化自信。**二是助推文化自觉**。通过传承弘扬优秀传统文化、红色文化、社会主义先进文化，深入挖掘历史先贤和革命先烈的伟大事迹，推动文化自觉，与培育践行社会主义核心价值观有机结合。**三是落实文**

化"**两创**"。精选真实历史故事，注重挖掘故事背后的文化内涵，推动齐鲁优秀传统文化在新时代创造性转化和创新性发展，推进文化自信自强。**四是服务文旅融合**。借助故事、景观、遗址、非遗讲解词、短视频等融媒体形式，让广大读者在区域文化旅游、廊道文化体验中感受中华文化的博大精深，增强民族自豪感和自信心。

在内容撰写上注重四个结合：**一是与廊道体验相结合**。突出廊道建设概念，以故事为纬线，以时代发展为轴线，通过富有魅力的故事讲述，展示历史人物、景观、史实，引领读者体验传统文化的恢宏气势和博大精深。**二是与景观建设相结合**。以真实动人的故事为景观建设提供重要的历史资源和文化依据，通过一个个精品景观建设展示历史故事的丰富内涵和当代价值。**三是与文物保护相结合**。通过讲述历史故事，让广大读者进一步了解相关文物、遗址的历史文化价值，提升文物保护意识，推动群众性文物保护工作再上新台阶。**四是与媒体利用相结合**。立足于故事转化，使故事成为各类媒体传播的重要基础、蓝本和素材，成为廊道文化、片区文化讲解、传播的重要学术依据和资料来源。

《丛书》的编纂出版，是普及、传播优秀传统文化，推动文化"两创"的新尝试。衷心希望广大读者通过阅读本书，吸收丰富文化营养，多提宝贵修改意见。

编者

2023 年 8 月

导　语

聊城居鲁西，毗泰岱，临黄河，是历史悠久、风光旖旎、文化灿烂、名人辈出的国家历史文化名城，同时也是中华母亲河黄河与古代运输大动脉京杭大运河共同哺育的"两河明珠"城市。

早在六千多年前，中华先民就在这片土地上渔猎农耕，形成了丰富的龙山文化与大汶口文化遗存，文明的曙光在这片广阔深厚的土地上乍现。商周以来，聊城扼踞南下北上、东进西出的孔道，具有重要的战略地位，屡次成为征战杀伐的主战场，春秋时期的柯之盟、马陵之战、齐燕之战就发生在这里。秦汉至宋元时期，聊城出现了较大规模的民族交融，成为我国重要的民族融合区和区域经济文化中心。明清时期，聊城是拱卫京师的畿南重地，成为明初靖难之役、晚清多次农民起义的主战场之一。

京杭大运河的南北贯通，造就了聊城四百年的兴盛与繁荣。聊城商品经济活跃，手工业发达，城镇规模扩大，被誉为"漕挽之咽喉""天都之肘腋，江北一都会"。明清两代，聊城文运大开，书院林立，人才辈出，先后走出三位状元、七十一位进士，明代建极殿大学士、礼部尚书朱延禧，清代开国状元、武英殿大学士兼礼部尚书傅以渐，著名学者穆孔晖，清代四大私人藏书楼创建者杨以增都是聊城人，文学名著《金瓶梅》《聊斋志异》《老残游记》等都对聊城的社会生活进行了生动细致的描述。

自近代以来，聊城经济因运河断航而呈现衰颓之势，但聊城历史文化仍在延续和发展，在山东乃至全国占有重要地位。特别是聊城人民的光荣革命传统，向来为世人所推重。聊城是著名的革命老区，为冀鲁豫抗日根据地的重要组成部分，在抗击日本帝国主义侵略的斗争中作出了巨大贡献和重大牺牲，涌现出了张自忠、范筑先、马本斋等抗日民族英雄，书写了聊城历史上可歌可泣的光辉篇章。

文化是聊城的血脉，塑造了聊城的品格，展现着聊城的形象，是聊城的闪亮名片。聊城文化特色的形成与独特的区位优势密不可分。聊城地处冀、鲁、豫三省交界处，黄河、运河在这里交汇，齐鲁文化、中原文化、燕赵文化与黄河文化、运河文化在这里深度交融，造就了特色鲜明、内涵丰富的聊城历史文化。这里既有齐文化崇商重农的传统，又有鲁文化尚仁重义的风格；既有燕赵文化慷慨侠义的风骨，也融入了中原文化深沉厚重的气度。特别是以黄河文化为代表的农耕文明与以运河文化为代表的商业文明在这里碰撞融合，形成了守诺诚信、勇于探索、拼搏进取、注重商贸、仁厚宽容的精神特质，塑造了特色鲜明、内涵丰富、底蕴深厚的聊城文化风貌。

聊城深厚的历史文化如同长河奔流千载，走过漫长的历史岁月，凝聚在泛黄的史册中，定格在斑驳的文化遗迹和壮观的名胜建筑里，浸润在聊城人的日常生活与文化遗存中。每一处文化遗迹和人文景观背后都有生动的故事，每一段历史风云里都有鲜活的人物，每一种非遗文化中都有跳动的脉搏。这一个个人物、一个个故事，如同点点星光，闪烁在鲁西历史的天空。每一个人物、每一个故事都传递给我们一份精神的力量，让我们更加深入地了解聊城的历史，更加深切地热爱聊城这片土地，更加充满自信地勇毅前行！

2023 年是习近平总书记视察山东，发出大力弘扬中华优秀传统文化号召十周年。2023 年 6 月 2 日，习近平总书记出席文化传承发展座谈会并发表重要讲话，明确指出，在新的起点上继续推动文化繁荣、建设文化强国、建设中华民族现代文明，是我们在新时代新的文化使命。习近平总书记就文化事业发展作出的系列重要论述，为我们指明了前进的方向，是深入做好齐鲁文化挖掘、传承、弘扬的重要遵循。为此，我们深刻领会习近平总书记指示，在山东省委宣传部的统一安排部署和聊城市委宣传部的领导和支持下，编写了这部《聊城历史文化故事》。这是按照创造性转化、创新性发展要求，充分挖掘聊城丰富的历史积淀、优秀的文化传统、独特的民俗风貌，为加快文化山东建设，进一步发展与弘扬博大精深的齐鲁文化的有益尝试，也是加快山东文化体验廊道建设、展现"山东文化之旅"的重要举措。为此，我们选取"名胜古迹""历史风云""非遗撷英"三个角度，通过一个个生动鲜活的历史文化故事，讲述历史，传承文化，弘扬美德，努力把本书打造成为文化体验廊道的"宣传书""导游册""传播源"，让每一位读者更好地感受聊城文化的精彩、齐鲁文化的魅力。

本书分为"名胜古迹""历史风云""非遗撷英"三个部分。

聊城的名胜古迹星罗棋布，见证着聊城久远的历史，成为聊城文化精神的座座丰碑。聊城先民在这里繁衍生息，尚庄遗址、教场铺遗址、景阳冈遗址等文化遗存见证了聊城的悠久历史。聊城以"江北水城·运河古都"而著称，烟波浩渺的东昌湖环绕着方方正正的千年东昌古城，形成了"城中有水、水中有城、城水一体、交相辉映"的独特城市风貌。京杭大运河和徒骇河纵贯市区，中国北方最大的城市湖泊东昌湖环抱古城，光岳楼、山陕会馆、宋代铁塔等名胜古迹气象浑厚，工艺精美，至今仍巍然屹立于鲁西大地，传递着跨越千年的文化气息。"古城东昌"围绕东昌古城历史脉络，结合存世东昌古城的道路、建筑，采用民间传说故事与历史记述相结合的方式，讲述与凤凰古城、石马街、光岳楼、状元街、玉皇皋、海源阁等相关的历史及民间故事。"两河名胜"突出聊城黄河、运河交汇"两河明珠"城市的独特风貌，对聊城具有重要历史价值的历史建筑及遗址遗迹进行深入挖掘，讲述与"孔子回辕处""歇马萧城""临清钞关""周家店闸""迎旭门"等相关的历史及民间故事。

聊城的历史风云际会，无数名人志士绘就了壮阔的历史画卷，演绎出可歌可泣的历史故事，为聊城历史留下了浓墨重彩的印记。至圣先师孔子、名臣贤相王旦、医学家成无己、清廉县令张养浩、著名文学家谢榛、革命烈士张梦庚、领导干部楷模孔繁森等心系家国，砥砺品格，集中展现了山东西部儒家文化、运河文化、中原文化碰撞交融的独特风貌，用责任、担当与热血，勾画了壮阔辉煌的人生轨迹。"往事回味"突出与聊城历史脉络关系密切的重要历史事件，讲述"齐鲁柯地会盟""鲁仲连射书救城""开凿会通河"等历史故事，再现聊城波澜壮阔的历史画卷。"名人逸事"突出与聊城有关的名人在聊城的重要经历，讲述"晏子两治东阿城""卫国兄弟的生死情谊""王旦雅量荐寇准""清廉县丞笪一顺"等历史故事，集中展现著名历史人物的品格、气节与精神。"英雄风采"突出聊城作为革命老区的历史文化特色，讲述"革命烈士张梦庚""赵健民千里寻找党组织""捐躯鲁西的抗日英雄史钦琛"等斗争故事，集中展现在抗日战争、解放战争中涌现出的英雄人物的斗争经历、牺牲精神与坚定信仰。

聊城文化底蕴深厚，丰富多彩。聊城非物质文化遗产在这片古老的土地上发芽生长，叶茂根深，涵盖聊城人民生产生活的诸多方面，是聊城民风民俗的集中展现，同时也是聊城独特地域文化的重要载体。"传统技艺"讲述与"临清贡砖""健脑补肾秘方""澄浆玉泥砚""牛筋腰带"等有关的文化故事，集中展现聊城历史悠久、传承有序、具有较大影响和知名度的传统技艺。"民间艺术"讲述与"临清架鼓""木板年画""冠县郎庄面塑"等有关的文化故事，集中展现聊城富有活力的民间技艺。"美食文化"讲述与"进京腐乳""东昌府'三黑'""莘县古城鸳鸯饼"有关的文化故事，集中展现聊城具有鲜明地域特色的饮食文化。"武术杂技"讲述与"临清肘捶""聊城梅花桩拳""东阿杂技"等有关的文化故事，集中展现聊城的尚武传统和质朴民风。

往事越千年，文化传古今。《聊城历史文化故事》试图为读者诸君打开了解聊城悠久历史和灿烂文化的一个窗口。希望通过我们的努力，让灿烂的聊城文化走过久远的历史，走过风雨的沧桑，走入今人的生活，让更多的人了解聊城，关注聊城，热爱聊城。

目　录

二、历史风云 / 55

（一）往事回味 / 57

一

名胜古迹

聊城地处华北平原，沃野千里，一马平川。黄河、运河如同两条玉带在聊城交汇，形成了独特的地理文化景观，使聊城成为全国唯一的"两河明珠"城市。黄河与运河哺育着代代聊城人民，为聊城经济文化发展注入了不竭的动力。在中华民族母亲河黄河的滋养下，聊城先民在这里繁衍生息，尚庄遗址、教场铺遗址、景阳冈遗址等文化遗存见证了聊城的悠久历史；在南北运输大动脉运河的带动下，东昌府城、临清古城等运河城镇星罗棋布，人烟辐辏，诉说着聊城经济的兴盛和文化繁荣。在聊城，光岳楼、山陕会馆、海源阁、鳌头矶等名胜古迹气象浑厚，工艺精美，已经和黄河、运河融为一体，形成了自然景观、人文景观融合辉映的鲜明文化风貌。这些星罗棋布的名胜古迹是祖先留给我们的宝贵遗产，见证着聊城久远的历史，展现着"两河明珠"城市的风采，传递着醇厚馥郁的文化气息，成为聊城历史文化的不朽丰碑。

（一）古城东昌

1. 从凤凰城到"东昌"

凤凰筑城传佳话

在广袤的鲁西大地上，有一座被誉为"江北水城"的国家历史文化名城——聊城。这座古城方方正正，状如棋盘，城外环绕着碧波千顷的东昌湖，形成了"城中有湖，湖中有城，城水一体，交相辉映"的独特景观。聊城始建于春秋时期，距今已经有两千五百多年的历史了。这座古城在明、清两朝为东昌府府治所在地，因此又有"东昌"之名。东昌古城的城址曾多次迁徙，但不变的是它美丽的名字——凤凰城。有人说，明初将土城改筑为砖城。城设四门，上筑门楼，外设瓮城。南门东向似凤头，东、西门南向似凤翅，北门北向似凤尾，如同一只展翅欲飞的凤凰，故名"凤凰城"。此外，关于凤凰城，还有一个流传更广的故事，为这座饱经风雨的"东昌"古城增添了几分神奇色彩。

传说聊城一带原是一片梧桐林，居住着一对凤凰，统率着林中百鸟，过着幸福的生活。有一年发大水，东海一条恶龙来到此地，要把梧桐林据为己有，与凤凰争斗起来。雄凤不幸战死，已经身怀六甲的雌凰只好强忍悲痛，逃离此地。从此，这一带就变成一片汪洋，人们叫它东州湖。后来，地方官见湖波荡漾，周围林茂花繁、景色优美，便想在湖中建城。工匠们感到工程艰难，都不敢承担，这可使地方官犯了难。一天夜里，地方官刚刚睡去，忽然梦见一只凤凰飞来。它停在半空，对地方官说道："你要想建城，不久会有两个人来帮你。一个叫王东，一个叫王昌，你要嘱咐衙役留意他们。"第二天，衙门口来了两个人，自称王东、王昌。他们自告奋勇，帮助地方官在湖中建城，原来这两人就是被恶龙赶走雌凰所生的儿子。雌凰向他们诉说了黑龙霸占梧桐林的来龙去脉，为使他们有朝一日能为东州湖百姓除恶建功，又让他们拜师学艺。她听说地方官要在东州湖修建城池，感到报仇的机会来了，决定让二子帮助修建城池，再找机会向黑龙报仇。

这天，百姓见湖上忽然来了很多大船，运载修城的砖石木料，乘风破浪，向湖边开来。人们向天空一看，原来有一只凤凰在给船队领航。大家看到凤仙相助，纷纷叩头拜谢，急忙卸下物料。工料备齐后，王东、王昌指挥石匠，一连干了九九八十一天，一座方方正正的湖城基础就全部建成了。王东对地方官说："基础已就，垒砖起墙甚易。以后如需相助，我们定会再来。"地方官又招来众多工匠，烧砖备灰，照二王兄弟垒好的基础，终于建成雄伟壮观的湖城。人们为了纪念凤凰在建城中运料的功绩，就把这座城叫作凤凰城。

凤凰城建成后，由于此地水产丰富，商贾云集，很快繁荣昌盛起来，这可惹恼了湖中的黑龙。它兴起风浪，电闪雷鸣，湖面上狂涛四起，湖城在水中摇摇晃晃，眼看就要坍塌。王东、

4

东昌古城（赵铮摄）

王昌两兄弟应时赶来。他们对百姓说："这是湖中黑龙作怪，只有将它赶走，才能保住湖城。"说完，两人纵身一跃，跳入水中，见黑龙向他们冲来，一挺身子，双双跨上龙背。黑龙抓咬不着，便在水中翻滚起来，眼看二王兄弟要被摔下。这时，天空忽然飞来一只凤凰。它高声鸣叫了三声，从身上叼下两根长长的羽毛，喊了一声："孩儿接剑！"羽毛顿时变成两把利剑。二王兄弟接住宝剑，一个砍向龙头，一个砍向龙尾。黑龙受伤，不敢恋战，钻进水底，扒出一条水道，逃往东海去了。霎时，被它扒出的水道冒出滚滚激流。凤凰见此，在空中喊道："孩儿，此水通海，难以堵住，为了拯救凤凰城的百姓，你们只有献身了！"二王兄弟为了拯救全城百姓，将身子堵在水道口上，献出了自己的生命。水不再冒了，风雨雷电也停了，凤凰城又恢复了平静。凤凰放声鸣叫三声，展翅飞走了。人们为感谢二王兄弟献身救众人的高尚品德，便各取他们名字中的一字，将凤凰城改为东昌城。

美丽的东昌古城在东昌湖的环绕下，走过了千年的沧桑岁月，传递着馥郁的鲁西历史文化。而凤凰筑城的传说在聊城代代流传，更为这座东昌古城增添了几分神奇的色彩。

2. "胭脂湖"的传说

蒲松龄笔下的东昌湖

东昌湖是中国北方最大的人工湖，湖水清澈，波光粼粼，如同一块碧玉，镶嵌在鲁西平原上，为聊城这座著名的"两河明珠"城市平添了几分妩媚与神韵。东昌湖还有一个诗意的名字——胭脂湖，这与清初著名作家蒲松龄《聊斋志异》中《胭脂》这个故事有关。蒲松龄是淄博人，他十九岁时第一次考秀才就高中头名，而识拔他的就是山东学政施闰章。对施闰章的知遇之恩，蒲松龄始终铭记在心。可是蒲松龄后来的举人考试却很不顺利。他才华横溢，但总是运气欠佳，接连几次都名落孙山。在考试失利之后，蒲松龄满心郁闷，去东昌访友，倾诉一下胸中的怨气。

他骑着毛驴，风尘仆仆地来到东昌府。风霜在他脸上刻下细密的皱纹，发辫中夹杂着些许银丝，蒲松龄已经不再是那个初中秀才、踌躇满志的翩翩少年。但他的年华并没有虚度，这些年来，他随时随地听人讲故事，经过他的采择和加工，《聊斋志异》的书稿渐渐厚重起来。蒲松龄和朋友在东昌湖边上边走边聊，垂柳抚堤，波平如镜，东昌府城清灰的城垣倒映在湖水中，清风徐来，风景如画。"东昌湖真漂亮啊！"蒲松龄被眼前的美景深深打动了。远眺城内的光岳楼，他不由得回想起在楼上看到施闰章书写的牌匾，上书"泰岱东来做翠屏"七个遒劲的大字，沉思道："不知道施先生来东昌府主持考试的时候，是不是也曾来东昌湖游玩。"朋友神情一振，若有所思地说道："施先生可真是青天父母官呀！咱们在这东昌湖边闲逛，施先生刚审明的一个案子，正和这东昌湖有关哩。"蒲松龄本来就喜爱听故事，听到和老师施闰章有关，一下子来了兴致，忙叫朋友快说。朋友就娓娓讲述起发生在东昌湖边上的一件奇事。

在东昌府有一个姓卞的牛医，家有一独生女名叫胭脂。胭脂姑娘生得聪明、漂亮，经常在东昌湖边洗衣，与父亲相依为命。胭脂偶然认识了当地英俊的书生鄂秋隼，两人一见钟情。对门王氏逗胭脂说她可以当媒人，并当玩笑告诉了与她相好的书生宿介。宿介趁黑夜冒充鄂秋隼，被胭脂识破，匆忙离开，告诉王氏原委，却被当地混混毛大听到。毛大趁夜摸到胭脂家，不巧失手打死胭脂的父亲。到底谁是真凶？聊城县和济南府的官员分别把鄂秋隼、宿介定为凶手。施闰章敏锐地察觉此案尚有疑窦，终于将毛大捉拿归案。毛大坚决不承认杀人，审案也陷入了僵局。施闰章眉头一皱，计上心头："昨天神灵告诉我，他会把名字写到凶手背上。这个案子还是让神灵来判吧。"接着，就让衙役把几个人关到黑屋里。过了一会儿，提出三人，只见毛大背上全是在墙上蹭的白灰。原来他心中有鬼，脊背紧紧贴墙，生怕神灵在他背上写字，因而露出了马脚。真凶归案，遭遇生死变故的胭脂姑娘和鄂秋隼终于走到了一起。

蒲松龄看着粼粼的湖水，他佩服老师施闰章的明察秋毫，同时也同情这位善良美丽的胭脂姑娘。东昌湖水留下了胭脂姑娘洗衣的身影，也为风光旖旎的东昌湖带来了一个充满诗情画意的名字——胭脂湖。

3. 文风兴盛的状元街

状元邓钟岳题写光岳楼匾额

东昌古城"四四方方一座城"，纵横交错的老街巷将古城划分为一个个方正的区域。老人们常说，古城区的布局就像是一个棋盘。状元街是古老东昌府的历史名街，位于光岳楼的东南方向，西起鼓楼南街，东至东口南街终端的牌坊口，与二府街相连接。"状元街"上原本有一座建于元代的"状元坊"，状元街就因此而得名。但是真正让状元街名声大噪的，就是在这条街上读书成长的清代聊城籍状元邓钟岳。

邓氏祖籍江西，以军籍调往东昌卫，邓钟岳的先辈邓浒曾担任东昌卫掌印指挥使。邓钟岳，字东长，康熙六十年（1721）年考中状元，先入翰林院，历任江苏学政、礼部侍郎，邓钟岳童年和青年时代就在这条街上度过。他的父亲邓基哲曾担任邹县教谕，后辞官归家，专心课子，使邓钟岳从小就受到良好的教育。在他的影响下，邓氏家族文风兴盛，窄窄的状元街飘荡着浓浓的书香气。邓钟岳对父亲邓基哲侍奉尽礼，对兄弟关爱有加。他三十四岁考中举人后，就把主要精力放在教导弟妹成长上。他为邓氏家族定下了家训："祖宗虽远，祭祀不可不诚；子孙虽愚，经书不可不读。"在他的教导下，邓氏后人坚守孝道，崇尚读书，都有所成就。

邓钟岳考中状元，成为东昌府文风兴盛的象征。他文章写得好，字也写得好，其书法被康熙帝誉为"字压天下"。他一生历任三朝、宦海沉浮，但始终以儒家道德思想约束自己，为官清正廉洁，对于书法艺术的追求伴随其一生，并留下了为光岳楼题匾额的故事。

这一年正好赶上修缮光岳楼，府县官员请邓钟岳题写匾额。在大家簇拥下，邓钟岳离席来到案前，略一沉思，提笔一挥而就，"太平楼阁"四个大字跃然匾上。众人观罢，无不为邓状元的精妙书法喝彩，大家兴高采烈地将匾悬挂在光岳楼西面第二层的正中间。这时，邓钟岳手指匾额，向众人问道："诸位看这四个字可有不妥之处？"众人抬头仔细观察，原来"太平楼阁"的"太"字下部少了一点。但是大家不好意思给状元公指错，只是你看看我，我看看你，都笑而不答。这时人群中跑出一个七八岁的孩子，大声说道："状元爷写的那个'太'字少了一点！"邓钟岳笑呵呵地说道："好孩子，果然是少年人眼力好，是少了一点。那么，咱们就补上吧！"众人一听，就忙去抬梯子上楼摘牌匾，好让邓状元补上这一点。"不用了！"邓钟岳边说，边抓起刚才写字用过的大毛笔，奋力往上一甩，只见那笔如飞直上，只听啪的一声，笔点正好落在"大"字的左下方，仅微微一顿，毛笔就掉落下来。再仔细看时，"大"

字少写的那一点已被完美无缺地补上了。人群中顿时喝彩声四起："绝了，真是一绝！""了不起，这可谓状元飞笔点太平呀！"如今，那块"太平楼阁"的巨幅大匾仍挂在光岳楼西面二楼的正中间，增添了夕阳西下光岳楼的壮美，映衬着东昌湖的万顷碧波。

4. 石马街的来历

一条小街烙下勇毅印记

在东昌古城东门里，有一条往南去的街巷，叫"南顺城街"。这条街不过二百多米，由三条小街连接而成。中间一段从叶家园子东口到二府街东口，原来叫作石马街。在这条街北端路口的西南角原有一匹石马。这匹石马高大俊美，伸蹄欲奔，活灵活现。说起这匹石马的来历，还有一个神奇的故事。

有一年，东昌府大旱，百姓种不上庄稼，眼看就要遭遇荒年。东昌府衙门里兼管水利的刘同知是一位爱民如子的好官，他带头组织大家祈雨。祈雨仪式很隆重，城关百姓都来参加。他们献上三牲贡品，刘同知带领大家叩头行礼。官民的诚心被天上一位神仙看到，他就去找龙王。但龙王喝醉了，无法行雨。这位热心的神仙就仿照龙王原先行雨的办法呼风唤雨，还真把雨水降了下来，为百姓解了燃眉之急。

后来，龙王醉酒和那位神仙越权降雨的事情都被玉皇大帝知道了。龙王被打了五十大板，而那位神仙则被贬到人间，变成一匹白马，正好碰到一个马贩子。这个马贩子非常喜爱这匹白马，精心喂养，白马更加健壮俊美。马贩子家里非常贫寒，不得已，只能牵白马到集市上去卖。这时东门里一个姓张的地痞相中了这匹白马，硬说是从他家里偷的，把白马强抢去。正好刘同知乘轿经过，马贩子拦路哭喊："同知老爷为小人做主啊！"就一五一十地把地痞抢马的事情告诉了刘同知。刘同知随他来到张家门前，张地痞见官老爷来了，连忙牵出白马来，狡猾地说："我家昨天确实丢了马，与这匹马相似，起初以为这就是我家丢的那匹。可是到家里一喂，它不吃不喝，我才知道弄错了，这不正想牵出来还给他哩。"

刘同知仔细端详，感觉这匹马雄壮威武，气势非凡，便对马贩子说："这马我要了，跟我到衙门取钱吧。"到了二府衙，马贩子领了银子要走，刘同知说："别走了，在我这里当马夫吧，不会亏待你的。"马贩子也舍不得这匹马，正好也有了个吃饭的地方，就爽快地答应了下来。

白马在街上看到张地痞，就冲他嘶叫。张地痞说："好你个畜生，还与我结仇了！"不过，他既不敢打，也不敢骂，因为惹不起刘同知啊。这匹白马心地善良，对张地痞之类欺压良民、无恶不作的坏人恨之入骨。有一天，白马看到张地痞在他家门口打一个讨饭的，不由得怒火中烧，就冲上去踢他。张地痞见白马疯了一般扑过来，急忙顺街往南跑。白马就追，当张地痞跑到二府街东口时，被白马追上，白马一个蹶子就把张地痞踢死了。后来，玉皇大帝知道了这件事，不由得勃然大怒："好啊，把你贬到下界修行，你还随意杀人！"于是不分青红皂白，把白马就地变成了石马。

这座石马坐落在二府街东口，渐渐成为一处名胜，而往南走的这段街道，也慢慢有了"石马街"的名称。中华人民共和国成立后，石马街并入南顺城街，石马不知何时被毁坏了。1987年，柳树园街也并入了南顺城街。从此，三街合一，统称为"南顺城街"了。

5. 古城中央的"余木楼"

鲁班巧思帮建楼

位于东昌古城中心的光岳楼始建于明洪武七年（1374），通高36.68米，砖木结构，气势雄伟，工艺精美，是我国现存古代名楼之一。光岳楼是后起的名字，在这之前，这座楼名叫

光岳楼（林虎摄）

"余木楼"。

说起余木楼，还有一个鲁班巧思帮建楼的故事。明代初年，聊城平山卫指挥佥事陈镛带领军民，修建了东昌府砖城、城楼和城内的衙署仓库，古老的聊城焕然一新。因为物料充足，调度有方，在修城工程完工后，城内还剩下了长长短短不少木料。陈镛提议说："东昌府城是山东的西大门，非常重要。剩下这些木料，就在城中心修一座高楼吧。平时安设钟鼓报时，若有战事，也能登楼远望，随时掌握敌情。"

陈镛召集方圆几百里的能工巧匠，告诉大家，这座楼要比东西南北四大城门楼高得多。登上楼顶，要能望到方圆几十里的景象。同时，这座楼要建到城中心，十字大街要从楼下通过。至于建楼材料，就用修城剩下的木料砖石。陈镛严肃地说："各位师傅要十天拿出模型，紧接着，咱们就要备料开工了。"

这么大的工程，这么复杂的建筑，可难坏了工匠师傅们。木工师傅、瓦匠师傅聚在一起长吁短叹，冥思苦想，一天、两天、三天……第九天过去了，还没想出个眉目。这天夜里，木匠师傅躺在床上，翻来覆去怎么也睡不着。朦胧中，忽见一位长者推门而入。他道骨仙风，长髯慈眉，微笑着说："此楼乃顺应天时民意而建，坐落中原而东望泰岱，结构形体自然天成，有何难哉？"说着，将手中托着的一座楼阁递给木匠师傅。这楼阁建于高台之上，重檐歇山，精美绝伦，十字脊上金葫芦宝顶，熠熠闪光，台下双向过街。这不正是工匠们朝思暮想的楼阁吗？木匠师傅急忙下跪叩谢。只听那位长者说："此楼乃华夏珍宝，须精心建造，万不可粗疏。"这师傅正要起身，只见楼阁在桌上，长者早不见了踪影。他们恍然大悟："是鲁班师爷显灵了！"

工匠们巧用修城剩下的砖石木料，冒寒触暑，精心修建，古城中央一座高大雄伟的楼阁拔地而起。这座楼用 32 根通天柱支撑，每层梁枋斗拱都与通天柱卯榫扣结，自然天成。可偏偏这个时候出了大麻烦：一阵风吹来，楼体竟然有些晃动，这可把木匠们吓坏了。要是来场大风，把楼刮倒了怎么办？

木匠师傅坐卧不宁，急得围着楼转圈。原来因为工期紧张，木匠师傅没等木头干透，就刨皮加工，扣结成楼。水分渐渐蒸发，木质萎缩，卯榫松动，楼有些摇晃就不足为怪了。可全楼卯榫有数百处，而且大小宽窄各不相同，这怎么办呢？恍惚间，那位白胡须长者又站在木匠师傅面前。他微笑着拿出一把斧头，选来一块木料轻轻一敲，只听哗啦一声，那块木料就变成一堆木楔子。他随即用手一指，木楔子全部飞进几百个卯榫缝里，一个不多，一个也不少。高楼纹丝不动，稳如泰山，一点儿也不摇晃了。木匠师傅千恩万谢，跪下叩头。起来看时，那位长者早不见了踪影。

陈镛得知此事，更是惊喜不已。他迫不及待地一口气登上楼顶，极目远眺，风光无限。他喃喃自语道："我神州社稷有神灵佑护，鲁班赐我福祉矣。"于是让工匠们在楼上塑起鲁班金身，世代尊奉。这座楼阁至今仍巍然屹立，成为东昌古城的文化标志。

6. 书声琅琅的"玉皇皋"

书香聊城的文化记忆

在聊城，有这样一句家喻户晓的俗语："东昌府，有三宝：铁塔、古楼、玉皇皋。"时至今日，隆兴寺铁塔和光岳楼仍巍然屹立，而玉皇皋虽然已经被历史的风雨冲刷殆尽，但仍牢牢保留在聊城人的记忆中。

曾经的玉皇皋坐落在东昌古城的东南方向，当年站在光岳楼上远远望去，就能看到这一座精美壮观的建筑。玉皇皋是明代修建的，供奉玉皇大帝。这是一个两重的院落，最重要的建筑就是在第二重院落的玉皇阁。在这座玉皇阁里，曾经传出阵阵琅琅的读书声。

这位读书的青年就是聊城名人傅以渐。他饱读诗书，是清代的开国状元。傅以渐从小刻苦读书，但家境贫寒。有一天，晚上读书的时候，家里的灯油用完了。他问母亲："我还有一段书要背，能给我加点灯油吗？"母亲为难地说："孩子，咱们家买粮的钱都没有了，哪有钱买油呢？你就早点睡吧！"傅以渐躺在床上，怎么都睡不着觉。他拿起书，走出了家门。这时已经夜深了，家家都熄灯闭户，到哪里去借光读书呢？无奈之下，他只能回到家中。晚上不能读书的日子，对傅以渐来说实在难熬。功夫不负有心人，他偶然听说在城东南的玉皇皋晚上也灯火通明，不禁心中大喜："我晚上到玉皇皋读书不就可以了吗？"打定主意，傅以渐晚上就独自一人穿过昏黑的街巷，径直向玉皇皋走去。

玉皇皋面积很大，院内院外古木参天，在夜色中颇有几分阴森。傅以渐心里想着读书，丝毫也不在意。他走进第二进院子，眼前的玉皇阁内供奉着玉皇大帝，神像前点着两支明晃晃的蜡烛。傅以渐心中大喜，他走到神像前行礼道："神明在上，夜间读书，实在打扰了。"说着，就盘腿坐在蜡烛下，专心读起书来。直到夜深，他温习完一天的功课，才回到家中。第二天晚上，他又来到玉皇皋读书。玉皇皋内的道士们看到傅以渐在大殿读书，都非常惊讶。后来看到傅以渐实在是好学上进，感到他年纪虽轻，但是胸怀大志，以后一定很有出息。他们非但没有打搅傅以渐读书，有时蜡烛即将燃尽，他们还为傅以渐点上新蜡烛，供他夜读。

聊城三宝之一的玉皇皋已经难觅踪迹，但它已经融入聊城人的记忆中。而傅以渐夜读玉皇皋的故事展现着水城馥郁的书香，激励着一代代聊城人认真读书，回馈社会，报效祖国。

7. 江北藏书名楼

杨以增创建海源阁

在聊城东昌古城的西南侧，有一座著名的私人藏书楼海源阁，是聊城著名的文化标记，也是"书香聊城"建设的重要载体。海源阁是聊城的大藏书家杨以增创建的，距今已有一百八十多年了。

杨以增，字益之，是土生土长的聊城人。他的父亲杨兆煜曾经担任即墨县教谕，对杨以增的成长花费了大量心血。道光十七年（1837），杨以增担任湖北安襄郧荆道，与时任湖广总督林则徐交谊深厚。杨以增平生酷爱藏书，在各地为官的时候，总是多方搜求，薪俸都花在买书上了。时间一长，他陆陆续续运回聊城老家的书已经非常可观了。

道光十八年（1838），杨兆煜去世，杨以增回家守孝。当时他已经沉浮宦海十七年，很少回到家乡。这次回乡安葬父亲，他的心中充满了愧疚。静夜独坐，他想起父亲的叮嘱。那次也是他匆匆回到故乡，杨兆煜对他说："你在外做官，不要疏远了亲族。我想着重修咱们杨家的家庙，你一定要认真去做。"父亲的话牢牢记在杨以增心里，但当时他实在抽不出时间，计划就搁浅了。现在回到家乡，杨以增暗暗地说："我一定实现父亲的愿望，告慰他老人家的在天之灵。"

他和好友傅绳勋商议修建家庙的事情。杨以增说："先父

海源阁（李光摄）

17

曾嘱我修建家庙。现在居家守孝，我一定要实现父亲的愿望。忠孝传家远，诗书继世长。这些年来，我买书藏书很多，其中还有不少宋元版的名本。我想在家庙里藏书，让后世子孙继承忠孝读书的家风。"傅绳勋说："这是杨伯伯生前的愿望，对杨家追怀先人、继承家风很重要，我非常赞成！"杨以增打定主意，在杨家老宅东侧修建了海源阁。杨以增亲自督工，一座沉稳朴素、淡雅自然两层楼房很快建成完工了。在楼的二层正面，悬挂着杨以增亲笔题写的匾额"海源阁"。"海源阁"的一楼正厅安设着杨氏先祖的牌位，杨以增带着儿子杨绍和与族人隆重举行了祭拜先祖的仪式。在一楼左右两室和二楼，杨以增分设了几个藏书室，按照经、史、子、集，分别收藏多年来购置的藏书。杨以增酷爱宋元本藏书，就在二楼专设"宋存书室"，陈列珍贵的宋元版儒家经典和史书，并镌刻了"宋存书室"印章，作为纪念。

杨以增对杨绍和说："读书才能明理。我倾注心血藏书，就是要传承咱们杨家读书明理、睦族报国的家风。你以后一定要保护好这些图书，好好学习上进。"杨绍和使劲点了点头。在杨以增和杨绍和的努力下，海源阁藏书更加丰富，名声越来越大，成为长江以北最大的藏书楼。

8. 山陕会馆戏楼旧事

李正仪桑梓情深

在聊城东昌府城东城门外，古老的京杭大运河自南向北蜿蜒流过。在运河与古城之间的运河两岸，明清以来就是商贾云集的兴盛繁华之地。沿着运河的太平街、双街买卖兴盛，人烟辐辏，有"金太平、银双街"之誉。在双街西侧，正对着运河，有一座精美的古建筑，这就是在聊城经商的山陕商人集资修建的山陕会馆。在山陕会馆内建有一座精美的戏楼，这座戏楼的建造与道光年间聊城知县李正仪的倡举与推动有关。

李正仪是陕西洋县人，在东昌府为官多年，对山陕商人联络桑梓的重要场所山陕会馆非常关心。道光二十一年（1841），他卸任茌平县知县，来到山陕会馆，眼前的一切却让他大吃一惊。原本精美的山门、戏楼荡然无存，只剩下光秃秃的台基，烧焦的木杆横七竖八地堆在墙角。他痛心地说："哎呀，这是怎么回事？去年我担任茌平县知县的时候，曾来过咱们会馆，雕梁画栋，真是东昌府的一大胜迹。数月不见，怎么变成这个样子！"在聊城经商的陕西商人说："今年正月里会馆演戏，在聊城的山陕老乡都在这里敬奉关帝。大家正一边听戏，一边谈论生意，不想演戏的人不小心打翻了火烛，烧毁了戏台，连带山门都烧成白地，真是天有不测风云啊！"李正仪听后感慨地说："这会馆好几年才建造起来，一把火就把山门、戏楼烧掉了。要这样下去，再要重睹会馆的壮丽，就很难了。"他不由得连连叹息，围着戏台和山门台基转了好几圈，只得怅然地离开了。

李正仪的话深深触动了在场的山陕商人。福兴和商号带头捐银一千零三十四两七钱三分，各山陕商人纷纷解囊捐资。一时间，在聊城经商的三百六十六位山陕商人共捐白银一万四千八百多两，山陕会馆山门、戏楼的工程顺利开工了。李正仪听说后，欣慰地说："重修会馆，咱们山陕老乡得以相聚于此，我心里也踏实了。"道光二十五年（1845），李正仪就任聊城县知县。刚到任，就马上来山陕会馆拜谒关帝。这时的山陕会馆戏台已经焕然一新，更加壮丽，上面悬挂着"岑楼凝霞"匾额，可以容纳一百多人同时演戏。商人们说："东昌府是咱们山陕商人聚集的地方，工匠是从汾阳请来的，木料是从终南山运来的。这会馆的式样和山陕老家的楼阁完全一样。这样一来，咱们山陕老乡在这里聚会，就像是回到秦山晋水之

山陕会馆（赵铮摄）

间了。"李正仪说："是啊！大家在会馆相聚看戏，联络乡谊，同时也受到戏曲忠孝人物的感染，也能正人心、厚风俗啊！"

山陕会馆精美的木雕、石雕、砖雕至今仍存，走过重檐彩绘的山门，仰望雕梁画栋的戏楼，仍能感受到山陕商人崇节义、重商业的精神，聊城运河商业的繁荣兴盛由此也可见一斑。

（二）两河名胜

1. 尚庄遗址

鲁西首次发现的大汶口文化

在聊城市荏平区西的尚庄村，有一个看上去似乎不大起眼的土岗。这个土岗中心高出周围地面约三米，当地百姓都叫它"岗子"。老百姓经常会在这里发现破碎的陶片，但都没太在意，谁也没想到这些看上去平淡无奇的陶片与五千多年前的历史有关。

斗转星移，转眼到了 1975 年春天。当地百姓正像平时一样在这里挖沙。挖着挖着，在沙子中出现了破碎的陶片。一开始，大家还不太在意。可是越挖，发现的陶片越多，有的残片明显就是陶罐、陶盘的样子。大家心里不由得犯起了嘀咕："这是咋回事？沙子里咋会有这么多陶片？别是挖到文物了吧！"

这样一想，大家纷纷停下手中的活计，拿起陶片，仔细端详起来。这些陶片虽然一看就是老早以前的东西，但是残片上的花纹和手工捏制的痕迹非常明显。"别挖了，别挖了！赶快报告，这儿发现文物啦！"大家纷纷放下铁锹，赶回去报告。

尚庄发现文物的消息很快就传遍了。大家纷纷说："真没想到，这个土堆看上去没啥特别，竟然还有文物呢！"1975年秋天，山东省、聊城市和茌平县的文物考古专家组成考古队，进驻尚庄，开始了专业的考古挖掘。在考古队员的不懈努力下，尚庄遗址逐渐揭开了神秘的面纱。"发现墓葬了！"考古队员们的精神一下子振奋起来。经过耐心细致的清理，这座墓坑长约两米、宽约一米、深约半米，在墓坑一侧，还陪葬有石斧、纺轮和陶器。在考古队员的不懈努力下，先后发现了十五座古墓葬，出土了各类陪葬品一百零二件。考古专家们通过对墓葬的形式、结构、葬俗及出土器物的认真研究，认为这一遗址的墓葬和大汶口文化墓葬相同。专家们最终认定："发掘的尚庄遗址属于大汶口文化，这也是聊城首次发现的大汶口文化遗存！这次考古把聊城久远历史上的一环补上了！"在场的所有人不顾腿麻腰酸，纷纷高兴地鼓起掌来，脸上洋溢着灿烂的笑容。

2. 教场铺遗址

龙山文化中晚期的中心城

在聊城市茌平区教场铺镇，有一块东高西低隆起的高台地，好像一头黄牛俯卧在田埂上面。这块台地虽然不高，但在平原地区非常显眼，大家都叫它金牛山。相传战国时期，孟尝君曾在这里练兵，因此又名"教场铺"。这里白杨高大，青草遍地，除了当地百姓偶尔在挖土的时候发现陶片、兽骨、蚌壳之外，似乎和其他地方没有什么两样。

但是教场铺的命运在1973年发生了戏剧性的变化。这一年，当地村民因为建房，来到教场铺挖土。在他们看来，这里地势较高，取土建房，同时也能平整土地，增加农田，不正是一件一举两得的好事吗？大家边说笑着，边挥锹取土。高大的白杨在微风吹拂下发出哗啦啦的声音，和大家的说笑声交织在一起，飘荡在教场铺的上空。大家一锹又一锹地挖下去，地面上很快出现了一个大坑。在挖出的黄土之中，偶尔夹杂着零星的破碎兽骨。"这个金牛山可真怪，其他地方就没有这些碎骨头。"有人嘟囔着说。这种情况以前也出现过，因此大家并没有太在意。在他们看来，这不过是个普通的土堆，还是趁着天色早赶快挖土吧。忽然，一位村民一锹挖下去，明显被硬东西顶了一下。"是碰到石头了吗？""这儿哪有石头？"身边的村民不由得笑了起来。可是这一锹实在有些奇怪，这位村民俯下身子察看，在土坑里硌到铁锹的地方，竟然露出了一块陶片。"这是什么？"他赶忙拨开泥土，渐渐地，散落的陶片一点点显露了出来。"是文物！"虽然这里原来也曾经发现过陶片，但这样多的陶片密集地散在一处，还真没有碰到过，他不由得叫了出来。大家听说，也纷纷扔下铁锹，过来察看。果然，在土坑下面，大小不一的陶片虽然沾满了泥土，但是圆润的轮廓、精细的线条明白无误地传递着久远的历史信息。

教场铺发现文物的消息很快就在当地传遍了。考古专家们在接到报告后，也迅速赶到这里。在对这座矮矮的金牛山进行考古调查之后，专家们确认这是一座龙山文化中晚期的中心城址。这座教场铺龙山文化城址平面呈椭圆形，城墙剖面呈梯形，残高近两米，是用黄沙、黏土混合分块夯筑而成。在遗址里还发现了五座祭祀坑。考古专家贾笑冰说："修筑城墙是大工程。这些祭祀坑可能与修筑城墙时举行献祭行为、祈求神明护佑有关。"在教场铺遗址还发现了呈"品"字形分布的三座陶窑，这是迄今为止山东发现的龙山文化窑址中最完整的一组，为研究当时的陶窑形制、陶器制作工艺和社会生产力发展水平提供了重要的实物资料。

3. 景阳冈遗址
修建公园发现的史前城址

景阳冈遗址位于山东省聊城市阳谷县城东张秋镇。这里原本岗阜起伏，草密林茂，传说为"武松打虎"处。武松打虎的故事可谓家喻户晓，妇孺皆知，也给这座景阳冈增添了几分英武之气。在景阳冈上，还建有一座武松庙，纪念这位打虎的英雄。

阳谷景阳冈遗址发现于 1973 年，曾清理出龙山文化灰坑和文化层。之后一段时间，景阳冈遗址沉寂了下去，似乎慢慢淡出了人们的视野。直到 1994 年，为了加强阳谷县的文化景观建设，一支建设队伍开进了沉寂已久的景阳冈，但他们想不到的是，这次看似简单的建设公园的工程却揭开了一座史前城市的神秘面纱。工人们按照景阳冈公园的建设图纸挥铲掘开了景阳冈的地面。一锹，一锹，地面上逐渐显出一道深沟，忽然一个奇怪的现象出现了，在刚刚挖开的土层下，竟然显露出明显的夯土痕迹。刚开始的时候，工人们还没有注意。但是边挖，边感觉脚下的土层不是平时施工碰到的土层。一位工人察觉到土层的异样，对工友们说道："咱们干土工这么多年，还真没见到这样的土层。你看这土一层层的，好像是用夯杵捣过。还是赶快汇报吧！"大家赶忙放下手中的工具，反复观察，越看越觉得脚下的土层不一般。接到他们的信息后，文物部门的专家马上来到景阳冈公园工地。专家们一看，不由得又惊又喜："哎呀！原来知道景阳冈有龙山文化遗存，没想到还有保存这么好的夯土层！你们可是发现大宝贝了！"

景阳冈（吕绪灿摄）

接下来，从 1994 年到 1996 年，山东省文物考古研究所和聊城的文物专家们一头扎进景阳冈遗址的考古钻探和挖掘工作中。1995 年 1 月，国家文物局原局长黄景略研究员、北京大学考古系主任严文明教授、故宫博物院原院长张忠培教授等专家专程来聊城考察。经过考古专家的不懈努力，景阳冈遗址神秘的面纱被一点点揭开了。原来这是一座龙山文化时期的史前城址。这座城市近似椭圆形，从东北向西南延伸，总面积达 35 万平方米。考古专家们激动地说："这可是鲁西北地区发现最早的龙山文化城址。这样的规模，这样的规格，在全国也是罕见的！"而且专家们还在城址内发现了大小两座台基，在小台基上发现了史前祭祀的遗存。有的专家大胆推断这里可能就是"舜都"。景阳冈遗址具有重要的历史价值，因此入选山东省重点文物保护单位。

现在，来景阳冈游玩的游客，在欣赏景阳冈自然风光、怀想武松打虎英姿的时候，也会看到这座史前的城址，了解聊城在久远岁月里曾经有过的辉煌。

4. 孔子回辕处

圣人在聊城留下文化足迹

至圣孔子曾在聊城留下足迹，给距离邹鲁之乡不远的聊城带来了儒家文化的深厚影响。孔子带领弟子西行到达聊城的故事代代流传，成为聊城百姓耳熟能详的话题。这里的黄河渡口正好地处清代的博平县境内。虽然后世黄河改道，但古黄河的遗迹还在,乾隆十三年(1735),在孔子曾经到过的博平县树立起一块石碑,上刻五个苍劲有力的大字——"孔子回辕处",记述着这段珍贵的历史。

孔子回辕处(刘本科摄)

在两千五百年前的春秋与战国之交,中原诸侯国互相征伐,社会动荡,礼崩乐坏,百姓困苦。孔子怀揣着克己复礼、推行仁政的坚定信念,带领弟子们周游列国,寻找实现政治抱负的机会。经过长途跋涉,孔子和弟子们终于来到了博平境内的黄河岸边。这里有一座黄河渡口。从这里渡过黄河西行,就到达晋国。这时孔子已经五十多岁了。他是从卫国辗转来到这里的。他回想起在卫国见到卫灵公的场景。他反复向卫灵公讲述自己推行仁政的施政蓝图,可卫灵公却说:"先生的观点实在高妙。但我老了,精力不济,实在推行不了啊。"孔子感到深深的遗憾,不由得喟然叹息道:"要是有人让我主持国家政务,一年就能见到成效,三年就能成效显著了。"正在苦闷的时候,他听说赵简子在晋国秉政的消息,想着去晋国推行他的安邦治国之策。子贡说:"晋国路途遥远,还要渡过黄河。夫子您年纪大了,路上是不是太辛苦啦。"孔子说:"只要能推行仁政,路途再远再辛苦,又算得了什么呢?"

孔子带领弟子离开卫国,匆匆登上赶赴晋国的行程。道路崎岖难行，沿途人烟荒凉，但是孔子却没有丝毫的动摇和退缩。他和弟子们一路风餐露宿，终于走到了黄河岸边。正在等待渡河的时候，孔子忽然听到了一个令他震惊的消息，晋国的贤臣窦犨鸣犊和舜华被赵简子杀害了！这个消息如同晴天霹雳，让孔子不由得呆住了。过了好长一段时间，孔子才缓过神来。他凝望这滔滔黄河水，眼神深邃，神情肃穆，叹息道："黄河水这样壮阔，浩浩荡荡地流淌不息！人寿几何，我不能渡过这条河，应该是命中注定的吧！"子贡快步走向前问道："请问夫子，您这话是什么意思啊？"孔子说："窦犨鸣犊和舜华都是晋国的贤大夫啊！赵简子在没有得志的时候，依仗他们二人的帮助，才得以秉政。等到他得志以后，却听不进逆耳之言，竟然把他们都杀掉了。我听说，如果对牲畜有剖腹取胎的残忍行为，那么麒麟就不会来到这个国家的郊外；如果有竭泽而渔的行为，那么蛟龙就不会在这个国家的水中居住；捅破了鸟巢，打破了鸟卵，那么凤凰就不会在这个国家上空飞翔。这是因为君子也害怕受到同样的伤害啊！"子贡说："那先生您还去晋国吗？"孔子说："鸟兽对于不仁义的事尚且知道躲避，何况是人呢？咱们还是回去吧！"

孔子又一次深深地注视黄河，自己在晋国施行仁政的希望也随着黄河的波涛逝去了。弟子们拨转了孔子的车辕，缓缓向东，离黄河越来越远了。黄河的涛声渐渐听不到了，但孔子临黄河而回辕的故事代代流传下来。

5. 望晋台

晋文公登台望故乡

在茌平县曾经有一座望晋台，记述了晋文公曾在聊城度过的岁月。在历史上，望晋台屡修屡废，清代仍存。这座高台在平原上非常醒目，每当夕阳西下之时，落日照在台上，为望晋台镀上一层金辉，"晋台晚照"就成为当地著名的胜景。

晋文公姓姬，名重耳，因遭到骊姬迫害，而逃难流亡在外。在炎炎烈日之下，重耳乘坐着马车，在辽阔的平原上疾驰，他的叔父狐偃等人紧紧跟在后面。马蹄声声，车后扬起阵阵黄土。经过长途跋涉，他们终于来到齐国。齐桓公听说重耳来到，热情地说："公子远道而来，是我们的贵客。您就安心住下来，把这里当成自己的故乡吧。"在重耳安顿下来之后，齐桓公把齐姜嫁给他为妻，还赠给他二十辆马车，颠沛流离的公子重耳终于过上了稳定的生活。

富庶的齐国给他留下了深刻的印象，但也让他更加思念动荡的晋国。晋国青山壮美，大河奔流，和齐国景象迥异。齐国虽好，但毕竟是他乡。他对随行的狐偃等人说："咱们匆忙离开晋国，一晃已经十几年了。不知道晋国怎么样了，咱们什么时候才能回到故国啊？"一边说着，一边黯然神伤起来。

时间一长，重耳思乡的事情传到了齐桓公耳朵里。齐桓公说："公子离开故乡太久了，难免思乡情切。博陵是齐国西边的重镇，离晋国最近。就在那里修建一座高台吧。让公子思乡的时候，可以登台眺望故乡。"在齐桓公的过问下，这座高台很快修建完工。重耳被齐桓公的厚谊深深打动，连连道谢，高兴地登上高台。他极目西望，只见远处隐隐显出一带群山，感慨地说："那远远的就是太行山。现在只能在异国眺望家乡了！"说着，由乐转悲，流下泪来。

重耳经常登台远眺故国。传说因为他思国情切，无知的草木也被感化，望晋台边上的草木都向西生长。重耳的思乡之苦难以排解，不思饮食，日渐消瘦。茌平出产圆铃大枣，滋味香甜，补气和胃。相传当地的百姓送大枣给他，重耳品尝后胃口大开，身体也日渐好转。后来，重耳最终在齐姜和诸位谋臣的帮助下离开博陵，历经磨难，最终返晋，成为春秋时期继齐桓公之后的霸主，史为晋文公。这座矗立在聊城境内的望晋台经历着历史的风雨，成为故国之思的永久印记。

6. 曹植墓

东阿王长眠鱼山麓

在东阿县城东南二十公里处的黄河北岸，有一座著名的鱼山。相传这座山因形似甲鱼而得名，三国时期的大才子曹植就安葬在这里。

太和六年（232），一位翩翩公子乘坐马车，缓缓来到鱼山脚下。他就是才高八斗的东阿王曹植。鱼山就在他的封地之中，也是他经常登临的地方。就在不久前，为了得到施展抱负的机会，他再次上书朝廷请求任用，但同样石沉大海。一次次希冀，换来一次次失望，只有身边的鱼山如同一位老友，用宽广的胸怀带给曹植温暖、包容与慰藉。这一次，曹植的神情明显有些憔悴。他对儿子曹志说："登上鱼山，如同回到故乡。我身体本弱，恐怕难以长寿。"

这时，他已经被封为东阿王两年多了。东阿鱼山是鲁西平原和泰山山脉的分界点。这里树木葱茏，生机盎然，黄河在鱼山脚下打了一个弯，折向西北。青山不变，大河长流，曹植不由得想起刚刚就任东阿王时的场景。那时，他刚来到东阿，就被鱼山美景深深吸引。他极目远望，远处的巍巍泰岳绵延高耸，如同展开一道翠屏。在鱼山南侧，浩渺的东平湖波涛万顷，波光粼粼的小清河从东平湖蜿蜒北流。壮阔的景色深深感染了曹植，压在他心头的烦郁也减轻了不少。曹植的眉间不由得有了几分欣喜的神色，双眸也更加明亮了。他不由得感叹道："这里景色真美啊！"此后，曹植经常登上鱼山读书，相传鱼山上还有曹植读书台。

曹植的岁月有鱼山相伴，似乎多了几分慰藉，但被弃置压抑的苦闷却总是不能释怀。这次上表请求任用，又不被理睬，多年来积聚在心中的悲愤简直就要把他压垮了。他对曹志说："我原本胸怀大志，要澄清天下，现在看来是没有机会了。但来到黄河岸边，与鱼山相伴，我也知足了。我已到中年，本就有死后葬在鱼山的想法，今天才告诉你。你可千万不要忘记啊！"听到曹植反复叮嘱自己，死后一定要葬在鱼山，曹志心中隐隐有了几分不安。但他不敢说什么，只能含泪答应下来。

曹植说完，又低头俯视滔滔奔流而去的河水，想起孔子的

曹植墓（孟凡旺摄）

名言，不由吟咏道："逝者如斯夫，不舍昼夜！"思绪飞腾，他的脑海中闪出了早年的片段。那时他还是深受父亲曹操钟爱的天才少年，写诗作文更是洋洋洒洒，文采斐然。有一次，曹操看了他的文章，有点不相信，就问道："你是找人代笔的吧？"曹植说："我出口成章，下笔成文，不信您可以当面试试，哪能找人代笔呢？"这时，正巧邺城铜雀台落成不久，曹植提笔挥洒，现场创作了《铜雀台赋》。曹操看后非常高兴，感叹道："植儿确有超人之才啊！"但造化弄人，曹植"任性而行""饮酒不节"，又遭到曹丕的妒陷，终于失宠。虽然被封为王，实则为囚徒，终日郁郁寡欢，过着困顿苦闷的日子。

就在这一年，曹植又被迁到陈地为王。同年十一月，曹植病逝于陈，年仅四十一岁。曹植一直念念不忘东阿鱼山。他去世后，曹志遵照他的遗愿，把他安葬在这里。从此，曹植这位三国时代的才子就长眠在鱼山西麓。曹植墓东南两侧有河水萦绕，隔河群山连绵，攒峰耸翠，似黄龙静卧，沃野万顷，一马平川，犹如一幅水墨丹青，使人不由追怀往事，寓足流连。曹植安葬在鱼山麓，经历千百年风雨的曹植墓不仅为鱼山增添了浓厚的文化气息，也成为聊城一张闪亮的文化名片。

7. 韩氏家族墓

大唐气象千古传

在莘县董杜庄镇，有两通高大的石碑，在鲁西平原上非常显眼，碑前还有石马、石羊、石虎，唐代魏博节度使韩允忠和他的父亲韩国昌就葬在这里，当地百姓都习惯叫作"韩王坟"。韩国昌墓碑上部残缺，韩允中墓碑保存完好，通高 6.83 米，碑冠为浮雕蟠龙吸火炬图案，上刻"唐故魏博节度使韩公神道碑"篆书大字。走近韩氏家族墓，仰望这两通巍然挺立、高大雄浑的石碑，就会深深感受到雄浑浩荡的大唐气象。

到韩允中这一代，韩氏已经六代在魏博一带为官。韩允中的曾祖父曾任相州刺史，他的父亲韩国昌曾任贝州刺史。韩允中和其子韩简先后担任魏博节度使，后又升为同中书门下平章事，成为宰相级的一品大员。韩允中自幼跟随父亲韩国昌，经受刀枪弓马的淬炼，资历能力不断提升。

太和七年（833），昭义镇的刘稹发动叛乱。朝廷派兵平叛，十九岁的韩允中也随父带兵协助朝廷。刘稹固守壶关，唐军多次进攻，死伤相藉，一时间天地变色，血流成河。诸将商议对

韩氏家族墓地（张克清摄）

策，都沉默不语，畏难不前。韩允中站起来说："刘稹叛乱，生灵涂炭。咱们大军云集，讨伐叛逆，上合天道，下顺民心，此战一定能胜利，怎能畏缩不前，置百姓生死于不顾呢？"听了韩允中慷慨激昂的话语，在座的人无不动容。大家抛开顾虑，纷纷建言，一心谋划平叛事宜。韩允中不顾危险，身先士卒，亲冒矢石。手下的兵士看到韩允中带队冲锋，无不士气百倍。大军直前，势如破竹，平叛之战大获全胜。主帅感慨地说："韩将军年纪虽轻，但谋略深远。此次大胜，正和你料想的一样，真是难得的栋梁之材啊！"韩允中作为魏博名将，爱惜士卒，能征善战，逐渐积累人望，声誉也越来越高。咸通十一年（870），魏博节度使何全皞为军众所杀，大家公推韩允中为帅，朝廷任命他为左散骑常侍、御史中丞，担任魏博节度观察留后。没过几个月，就升任检校工部尚书、魏州大都督府长史，担任魏博节度使。乾符元年（874）十一月，韩允中卒于任上。

莘县在唐代属于魏博节度使辖地，河广土深，百姓富足，韩允中与父亲韩国昌治理魏博，助力平叛，先后都安葬在这里，为后人留下了唐代壮阔历史重要的实物见证。

8. 歇马萧城

澶渊之盟的见证

萧城古遗址为宋代古城址，位于冠县北馆陶镇东南肖城村，南与黄河故道毗邻。这座古城本是辽国萧太后携子辽圣宗进攻澶渊时所建的驻兵城，因此又称萧城、驻马城、歇马城。

宋真宗景德元年（1004），辽国萧太后携子辽圣宗率军南下，进攻北宋。虽然辽军占领了不少北宋城池，但宋将季延渥等据城坚守，坚决抵抗，也给深入宋地的辽军带来很大威胁。

萧太后很有谋略和才干，深知兵马未动、粮草先行的道理。她指挥大军南下，并不敢盲目冒进。大军行进到黄河岸边，她感觉已经深入北宋腹地，对其弟辽军统军萧挞凛说："现在离辽、宋两国的边境已经很远。再南下的话，就要保证后方安定才行。这里濒临黄河，位置重要，你赶快在这里修城屯粮，让士兵们能有补给休息之所。"当时正在行军途中，萧太后的命令又很急，萧挞凛传令士兵全力修城。主帅一声令下，成千上万的士兵纷纷下马筑城。有的士兵没有工具，萧挞凛看后也非常着急。这时有的士兵干脆摘下头盔，装土筑城。萧挞凛见后大喜，马上传令下去："修城任重，士兵用头盔装土筑城，必须尽快完工！"辽军将士纷纷争先，据说仅仅用了一夜时间，这座屯兵城就修成了。因为这座城是用头盔装土修成的，因此又被叫作"盔安城"。在城垣修好后，萧挞凛又指挥士兵在城墙四角向外夯筑了箭楼，在各城门修建了城门楼和瓮城。在城内凿出了七十二眼饮马井，筑起了东西两座点将台。一座设施完备的屯兵城在黄河岸边拔地而起。

萧太后得知这座屯兵城这么快就修建完成，非常高兴，亲自率军前来察看。看着高耸的城墙上迎风飘扬的旗帜和城内列队的士兵，萧太后心中安定了不少。她登上城内的点将台，大声说："从这里往南就是澶州，离宋都开封已经不远了。你们要振奋精神，奋勇争先，兵锋南下，所向无敌！"将士们听后，欢声雷动，士气马上高涨起来。萧太后登上城垣，极目南望。中原大地一马平川，骑兵奋力驰骋，胜利似乎唾手可得。但她又深知士兵已经十分疲惫，宋朝各路援兵正在纷纷北上，心中

萧城遗址（安文龙摄）

隐隐有了一丝不安。

仅仅几个月后，在澶州前线，辽军统军萧挞凛被宋军弓弩射死，辽军士气大衰。而宋真宗也亲临澶州，大大鼓舞了宋军的斗志。在辽宋议和后，辽军撤出宋境。随着辽军的撤走，萧城也变成了一座空城。虽然经历了近千年风雨的冲刷，萧城的部分城垣和点将台等遗址仍然留存了下来。残缺的城墙诉说着金戈铁马的历史，成为聊城重要的宋代历史遗迹。

9. 阳谷狮子楼

感受武松的飒飒英风

阳谷县历史悠久，文化灿烂，四大名著之一的《水浒传》更是让这座鲁西古城名声大噪，家喻户晓。说起《水浒传》，就绕不过打虎英雄武松。武松打虎景阳冈、美酒三碗不过冈的故事就曾经发生在这里。

在阳谷县城内，还有一座有名的狮子楼。这座楼始建于北宋景祐三年（1036），地处阳谷县城中心紫石街南端、十字街首。武松斗杀西门庆的传奇故事让狮子楼声名远扬。那日，西门庆正在狮子楼上吃酒。他和潘金莲、王婆设计害死了武大，以为瞒天过海，毫无破绽。没想到这一切都没有逃过武松的眼睛。武松径直奔到西门庆药铺前，收敛起满腔怒火，轻声问道："西门大官人可在家？"药铺伙计答道："大官人正在狮子楼上吃酒呢。"武松闻听，也不答话，转身直奔狮子楼而来。登上狮子楼，问酒保道："西门大郎和谁人吃酒？"酒保道："正和一个财主在单间吃酒。"武松径直冲到楼上单间，拔出尖刀，大喝一声，冲了过来。西门庆认得是武松，大吃一惊，连忙跳到凳子上，一只脚跨上窗棂，正要寻路逃走，往下一望，才想起是在楼上，心里正慌。武松早跳到桌子上，只顾冲上前，挥刀要砍，不提防西门庆飞起一脚，踢中武松右手，那口刀一下子飞到街心去了。西门庆胆气壮了起来，心里想："都说武松武艺高强，这不是也吃了我一招！"他右手虚晃，左手一拳，直朝武松心窝打来。武松侧身躲过，就势从西门庆腋下钻过，左手带住头，右手抓住西门庆左脚，大喝一声："下去！"将西门庆掀落街心。武松飞奔下楼，见西门庆已经摔得半死。他捡起先前掉落楼下的钢刀，一刀砍下西门庆首级，为兄长报了血海深仇。

往事越千年，狮子楼几经兴废，但武松斗杀西门庆的故事代代流传。今天的狮子楼灰瓦，飞檐斗拱，雕梁画栋，雄伟壮观。楼前列石狮两对，楼内陈列水浒人物塑像，形态逼真，生动传神。狮子楼这座始建于北宋时期的著名楼阁巍然屹立，给古城阳谷增添了浓郁的豪侠英风。

狮子楼（肖明磊摄）

10. 鳌头矶

独占中洲的运河名楼

临清鳌头矶是位于临清元代运河与明代运河分叉处的一座古色古香、精巧细致的楼阁，已经有六百多年的历史了。这座鳌头矶几经兴废，无数文人墨客登临远眺，感受临清运河商贸的繁华。

李东阳是明代有作为、有影响的政治家，同时也是茶陵诗派的领袖，是一位名满天下的诗坛大家。李东阳为官京城，有一次，他陪伴父亲出京南下返乡，路过临清，登临鳌头矶，创作了两首《鳌头矶》，留下了记述临清繁华的著名诗作。这两首诗就保存在《临清州志》中，成为临清运河商贸兴盛的真实

鳌头矶（王滨摄）

记述。

　　李东阳早就知道临清的大名，这次来临清，自然要好好欣赏一下运河都会的美景。他对朋友说："这次来到临清，要好好看看临清的富庶景象。"朋友说："中洲是会通河、卫运河交汇之处，商铺林立，船只往来，是临清最繁华的地方。"李东阳一听，马上来了兴致，连忙请朋友带他去中洲游玩。来到中洲，李东阳一眼就看到了一座小巧精美的楼阁，这座楼阁建在运河岸边，左右各建有两闸，十分醒目。李东阳不由得叹道："好漂亮的楼阁！"朋友说："这是临清有名的鳌头矶。你看在这中洲边上，巍然耸立一座楼阁，如同鳌身，左右四座闸如同鳌足，后面的广济桥如同鳌尾，因此得名鳌头矶。"李东阳一听，连连说："真是个好名字，真贴切！"朋友见李东阳游兴正浓，就说道："咱们到鳌头矶上一游如何？"李东阳一听，非常高兴。他快步走到鳌头矶前，看到在鳌头矶砖台门洞之上镶嵌"独占"石刻题名，台上的鳌头矶飞檐挑角，灵动欲飞，更显出几分灵性，不由得连连赞叹道："这个名字起得好，有神韵，有气势！"

　　李东阳登上鳌头矶，举目四望，眼前的运河如同玉带，在楼前蜿蜒流过，沿河则绿树成荫，芳草萋萋，与不远处的望河楼相映成趣，成就了临清八景之一的"鳌矶凝秀"。李东阳看后，不由得感慨道："没想到临清竟然这样繁华。你看沿着运河两岸，店铺高楼绵延十里。运河里官船、商船帆樯如林，川流不息，真是一个好地方啊！"这时耳边忽然传来一阵锣鼓声，原来是运河里的船只行驶，正提醒邻船小心。李东阳站在鳌头矶上，清风徐来，绿柳婆娑，看着眼前的繁荣景象，不由得诗兴大发，朗声吟道："十里人家两岸分，层楼高栋入青云。官船贾舶纷纷过，击鼓鸣锣处处闻。"朋友听后，不由得击节赞叹。

历史一页页地翻过去了，但建筑是凝固的历史。数百年来，鳌头矶依然矗立在运河边上，向后人诉说着往日的沧桑。

11. 临清钞关

运河廉风的洗礼

在临清市老城区的运河畔，有一座督理运河税收的户部直属机构，这就是临清钞关。这座钞关初设于宣德十年（1435），万历间征收税银曾达 8.3 万两，超过崇文门税关，居全国八大钞关之首。在临清钞关数百年历史中，涌现出一大批廉洁为官、律己奉公的廉吏，他们廉政为民的精神值得我们学习和传承，刘玺就是其中颇为突出的一位。

刘玺是南京龙骧卫人，嘉靖十一年（1532），他考中进士，登上仕途后，就以居官清廉自励，从不接受财物。刘玺到临清钞关上任，身上衣服一看就穿了好多年，有的地方都掉色发白了。下属看到他都感到惊讶："这位刘大人面颊瘦削，耸着肩膀，就是个贫寒的读书人啊！"他们不知道，刘玺为官多年，一直都是这样清廉。他有一句名言：做官的人"宁可得罪官员士大夫，也不能得罪赤子百姓"。来到临清钞关任上，他继续坚守这样的为官原则。虽然管理关税，经手银钱无数，但他仍然丝毫不改清廉作风。钞关虽然责任重大，但俸禄却不高。刘

临清钞关（王滨摄）

玺有时还要拿出钱来接济亲友，只能精打细算地过日子，妻子穿的布衣都破破烂烂的。因为手头拮据，他常年只吃青菜充饥，人们都叫他"青菜刘"，有的人干脆叫他"穷刘"。时间一长，他的同僚都说："刘玺大人哪里像个钞关官员，分明是个学官。"有时候妻子也埋怨他，着急起来，就叫他"穷鬼"。但是刘玺听了，一点儿也不在意。他对妻子说："你不要埋怨我。钞关是代国家收税的地方。朝廷让我管理钞关，不就是看中我为官清廉吗？我不怕别人说我穷。当官就是要当穷官！"在他的表率和带领下，临清钞关的风气为之一振。官员们检查往来船只，收取税银，都能按章办理。有人想着贿赂办事的关员，在收税时"照顾"一下他们。关员就赶忙摇手："刘玺大人被夫人骂作'穷鬼'，我们当下属的从心底里敬仰他，哪能干损公肥私的勾当呢！"

刘玺知道，光凭着自己清廉来感染带动下属是不够的。他说："临清钞关设立将近百年了。如何收税需要规范下来，收税有依据，才不致骚扰百姓，中饱私囊。"因此，他主持编写了《清源关志》。临清古代又叫清源，因此这部专门记述临清钞关制度的书，就定名为《清源关志》。在这部书中，刘玺把征收课税的簿籍全部收入志中，收税条目、收税标准一目了然，商贾百姓也都心中明白，官吏也就没法钻空子谋私利了。后来，刘玺调任，他定下的收税制度使临清钞关遵章办税，为临清钞关廉风的延续和传承，发挥了重要的作用。

12. 周家店闸

山东闸河风貌缩影

在纵贯聊城市东昌府区的运河上，有一座屡次重修的周家店闸，见证着山东闸河的变迁，成为山东闸河风貌的缩影。

在元代会通河贯通后不久，为了调节河水，大德四年（1300），周家店闸就建成使用了。从那时起，周家店闸屡次重建，古老的周家店闸与运河相伴七百余年。据当地老人说，在会通河七十二闸中，就数周家店闸修得最牢固、最精美，而这次重建则在民国二十五年（1936），定格了周家店闸延续至今的风貌。

在周家店船闸工地上，一位衣着朴素的干瘦老者拿着尺子边走边量。他神情严肃，不苟言笑，边盯着河道边沉思。这位老者姓孙，是负责修建周家店船闸的工程师，大家都尊称他为孙师傅。东昌府区地处华北平原，建造船闸的石料要长途运送，成本很高。孙师傅反复计算，怎样能把船闸修建得又坚固，又不浪费石料。有工人忍不住问他："孙师傅，这些石料够不够用？"孙工程师抬起眼睛看了看他，没有回答。看得出来，他其实比工人们更加关注这个问题。

在经过多日忙碌的测量和计算之后，孙师傅指挥工人们在船闸侧边开凿了一条月河。这条月河就像运河的一条支流，在南闸以南从主河道分出，然后向西，再转向东，最后再从北闸北边并入主河。在月河之上，跨河修建了四个涵洞。工人们问道："孙师傅，咱们修的是船闸，为啥要再开一条河呀？这样工程要增加不少呢！"孙师傅说："大家可别小看这条月河，

周家店闸（周广骞摄）

它虽然不能走船，但可以控制水流。和船闸配合起来，行船才更顺啊。"

更大的工程还是修建周家店船闸。孙师傅每天吃住在工地，他混在工人中间，远远地根本分辨不出来。他说得最多的就是："这个石头要这样打。"说着，就边比画边告诉工人打石头的尺寸，不时还拿尺子量一量。这样一来，一天也打不了多少石头。但是经过他的指点，打好的石头总能砌得严丝合缝。大家都纷纷说："孙师傅还真是个把式，他的眼睛比尺子还准！"慢慢地，一层层的石墙砌了起来，整整齐齐，闸墙拐角处的石块特别打成弧形。砌好之后，又结实，又美观。终于，崭新的周家店闸镶嵌在运河之上。

这座船闸建成至今，已有八十多年了。岁月的风雨给它带来几分沧桑。但孙工程师带领工人精心修建的周家店闸仍然屹立在运河之上，闸墙也基本完好，成为聊城运河沧桑历史的重要见证。

13. 进了迷魂阵，状元也难认

古代军事文化活化石

在阳谷县城北六公里的地方，有相邻的两个村子，南边的一个叫大迷魂阵，北边的一个叫小迷魂阵。大迷魂阵村子小，而小迷魂阵村子大。相传迷魂阵曾是战国时期孙膑与庞涓交战斗智的古战场。这样说来，这两个村子就有两千多年的历史了。

相传孙膑和庞涓都拜鬼谷子为师，学习兵法，可是孙膑的才华明显胜过庞涓一筹。庞涓设计陷害孙膑，孙膑装疯才保住性命，后来辗转来到齐国。庞涓在魏国颇受器重，被魏王任命为大将，率军攻打齐国。而孙膑则担任齐国军师，与田忌领兵迎战。孙膑对田忌说："魏国军队一直以强悍著称，而咱们齐国的军队却有怯懦的坏名声。咱们正好利用他们的自大打败他们。"

在齐国和魏国开战之后，孙膑按照八卦阵的格式布下了迷魂阵，又巧施计谋，将庞涓带领的魏军引到迷魂阵。庞涓率领大军一头扎进迷魂阵，带着手下士兵沿着镇中的小路转来转去，一会儿感觉向东，一会儿又感觉向西，刚觉着快到出口，却发现是个三岔路。庞涓额头冒汗，心里暗自嘀咕："没想到孙膑的阵法如此精妙，我还真是比不过他呀。"眼看天色将晚，庞涓还在迷魂阵里转来转去，手下兵士也被拖得疲惫不堪。正无路可走之时，庞涓忽然发现前方有一个出口，不由得满心欢喜，带兵冲了出去。其实这是孙膑故意在迷魂阵西南方向开的小口。庞涓逃出迷魂阵，正想着庆幸脱险，没想到又钻进孙膑设的另一个迷魂阵里。

迷魂阵困住了庞涓，也为孙膑排兵布阵争取了时间。孙膑在马陵道布好伏兵，掐指一算，庞涓正好钻出迷魂阵，而出口正是通向马陵道的大路。庞涓快马加鞭，率领魏军向马陵道冲了过去，最终被孙膑指挥的齐军包围，落了个全军覆没的下场。

据说，现在的迷魂阵村就是按照当年孙膑所摆迷魂阵的格局修建的。村子的格局不是平面展开，而是呈新月形，两条主要街道按弧形由东北而向西南延伸，斜斜曲曲，没有固定的方向。村里没有直胡同，街巷大多交叉成"丁"字形，房屋则沿着街道走向修建。所以不熟悉的人来到迷魂阵村，很容易把方向各异的房屋统统当成北屋，不辨东西，迷失方向，被困在村里就成了常事。时间一长，就有了"进了迷魂阵，状元也难认；东西南北中，到处是胡同；好像把磨推，老路转到黑"的俗语。阳谷县的迷魂阵村名声在外，在兵荒马乱的年代，强盗土匪慑于迷魂阵的威名不敢侵扰，村民们少受了很多战乱之苦。村民们曾在村中修建孙膑阁，感念孙膑的恩德。

14. 神奇的阿井

精心呵护阿胶的千年泉脉

阿井是聊城市阳谷县东北阿城镇一座历史悠久的古井。千百年来，清洌甘美的阿井水不溢不涸，滋养着一方百姓。只有用这口井打上来的水熬出的胶，才是最正宗的阿胶。

天顺七年（1463），知府郭鉴来到阿井。阿井水熬出的阿胶是朝廷贡品，作为地方官，他丝毫不敢怠慢，每年都要来阿井察看。这次和他一起来到阿井的还有阳谷县知县王昌裔、东阿县知县徐思孝、寿张县知县张翔。他们眼前的这座古阿井的井口大如车轮，常年汲水，井口的青石也磨得光滑圆润。他俯视井内，阿井水清澈洁净，一如往常。郭鉴放下心来，说道："这阿井是天地间的一宝。其他地方的水熬胶，都没有这样好的滋补功效。郦道元就曾说过：'这里的水熬出的胶是珍贵的贡品，就是《本草》中所说的阿胶，因此就有阿井之名。'这

古阿井（肖明磊摄）

样看来，咱们眼前这口阿井熬胶，已经有一千多年历史了。"大家纷纷说："这阿井之水和别处的水不一样，饮之清冽甘美，让人倍感神清气爽。而且这阿井不论春夏秋冬，天旱水涝，水位都没有变化，真是天地造化的奇观啊！"

虽然阿井清冽一如往常，但是早先在井上修建的亭子年久失修，已经倒塌。平地上孤零零的一口井，还是难免会落入枯枝落叶。时间一长，难免影响水质。郭鉴不由得有些担心。阳谷县知县王昌裔说："阿井每年汲水熬胶，关系重大。现在阿井清冽依然，不如趁此机会好好整修整修。"郭鉴听后，连连点头称是，就对王昌裔等三位知县说："整修阿井是利国利民的大事，还请你们同心协力，把阿井修好。"井口的青石时间太久，已经颇有破损。王昌裔等人商议，先砌好阿井井壁，再在井口之上修建一座亭子。郭鉴说："就这样办！要好好整修一下，大家一定要尽心才是！"

说干就干，当年九月，王昌裔等人带领工匠开始施工，很快，井台更换了青石，又加修了井栏，古老的阿井就焕然一新。在井口之上，修建了一座八角亭，檐角高挑，轻盈欲飞，为阿井增添了几分灵动的神韵。工程完工了，当时准备的物料还没有用完。郭鉴说："那就在阿井北面的空地上再修三间亭子吧。这样来往行人路过的时候，也能够停下来歇息歇息。"到十月初，工程就全部完工了，古老阿井焕发了新姿。礼部侍郎许彬听说这件事后，高兴地说："这口阿井自古至今，一直都是这样清澈洁净，熬制的阿胶可以益寿，可以回生，上利国家，下利生民。"因此提笔挥毫，写下了《重修阿井记》，为神奇的阿井增添了几分文风雅韵。

15. 迎旭门

鲁西第一古城楼

清平县原本是一座历史悠久的县城，现在改设为清平镇，隶属高唐县。清平县虽然已经湮没在历史的长河中，但是原清平县的东门迎旭门城楼却幸运地保存至今，成为聊城历史最为悠久、保存最为完好的古城楼。

山东是京杭大运河流经的重要省份。运河流经清平县境，距离清平县城三十里，在清平县境内共有三十九里。保证运河畅通是山东各级官员的重要职责，玉德身为山东巡抚，自然也

清平迎旭门（俞善禄摄）

丝毫不敢怠慢。乾隆六十年（1795）春天，他巡查京杭大运河河道工程，就近到清平县视察。上次清平县修城还是在康熙元年（1662），这些年的风吹雨打，清平县城墙已经破旧不堪。玉德在城外，远远就看到清平泥土夯筑的城垣不少地方已经坍塌，回头对清平县令万承绍说："城墙是一县的保障。要是任由它这么破败下去，怎能卫护全城百姓呢？你身为县令，一定要修好城墙才行啊！"万承绍听后，连连称是。万县令是一位很能干的地方官，他此前在临淄县令任上，就曾修缮城墙，很有经验，就对玉德说："清平县地处黄河故道，到处都是黄沙，取土夯筑城墙，很难结实经久，不如在城墙外面裹筑砖城。"玉德听后说道："这个办法好！万县令一定要认真修筑砖城，务求坚固，以保百姓。"

万承绍深知修城不易，每天坚守在工地上，每项工程都从严检查，亲自料理。他派人多方比较，最后选定在夏镇购买煤炭，在陶家嘴购买石灰。等到物料备齐，他又雇用当地百姓修城。万承绍对百姓说："这次修城是咱们自己的事。大家出工出力，就按干活多少领工钱，多干多领。"百姓听后，都非常高兴，干劲很足。虽然万承绍要求很严，但是大家都不觉得劳累。清平县城墙从嘉庆元年（1796）春天开工修建，到嘉庆三年（1798）秋天完工。新修好的城墙高一丈八尺，底宽二丈二尺，顶宽一丈四尺，巍然雄壮。来往的百姓看到后，都啧啧称赞。

万承绍登上清平县城东门，极目远望，非常高兴。百姓纷纷说："清平县东门，您看起个什么名字好呢？"万承绍说："东门面向日出的方向。站在城楼之上，就能远望红日初升。这东门上的匾额原来叫'迎旭'。这个名字很好，就不用再改了吧。"这样一来，迎旭门的名字就保持了下来。

斗转星移，清平县城在历史风雨的冲刷下已经大半不存了。但清平县东门迎旭门幸运地保留到今天。沧桑斑驳的砖墙、浑厚质朴的城楼依然如故，成为鲁西古代城垣的重要实物，也成为聊城悠久历史的宝贵遗迹。

16. 高唐文庙
鲁西儒学文脉传承的见证

高唐文庙位于高唐县城内，为省级文物保护单位。这座文庙始建于元至元二十四年（1287），后来多次兴废，又屡次重修，文庙的大成殿至今巍然屹立，显示出高唐县深厚的文化底蕴与久远的文脉传承。

聊城深受儒家文化影响，高唐百姓崇文重礼，对文庙建筑更是颇为关注。道光十三年（1833），徐宗干就任高唐州知州。多年来，他先后担任武城等地知县，颇有政声。在就任高唐州知州后，他兴利除弊，为百姓做了很多好事。高唐文庙从乾隆七年（1742）大修之后，虽然随时有整修，但是在长年风雨剥蚀下，渐渐有些破败了。当地士绅百姓看到文庙日渐倾颓，心里都很着急。高唐绅士陈仉对徐宗干说："文庙关系咱们高唐的文风，还请大人主持修缮，振兴文脉啊！"徐宗干看到文庙破败的景象，也很痛心，早有修缮文庙的想法。他对陈仉的建议非常认可，马上说："这是咱们高唐的大事。我俸禄虽然不多，但也要捐资，给高唐百姓做个表率！"徐宗干倡捐修文庙

高唐文庙（俞善禄摄）

的事很快就在高唐传遍了。高唐州的官员高乔云、杨式枋等人也纷纷捐资。陈仉看到徐宗干对修文庙这样重视，激动地说："徐大人带头倡捐，我们也要尽力才行，我捐银三百两！"在徐宗干的倡率下，高唐士绅踊跃捐资，郝廷模捐银五百两，郭毓武捐银三百两……很快，修建文庙的费用就凑齐了。

徐宗干说："我早就听说高唐百姓崇儒重文，这次重修文庙，大家这样积极，实在是名实相符啊！"徐宗干马上安排购买修建文庙的砖瓦木料，再三叮嘱这是高唐州的大事，一定要认真做好。这次不仅修缮了大成殿，而且还重修了明伦堂，改建了奎光阁。经过五个月的紧张施工，文庙内外焕然一新。徐宗干带领高唐官员和百姓拜谒至圣先师孔子，看到高唐文庙垣墙整齐，大成殿、明伦堂、奎光阁等建筑庄严肃穆，不由得感慨道："这孝悌就是文庙的台基，礼义就是文庙的门径，廉节就是文庙的梁栋。咱们读圣贤书，就要弘扬儒学，砥砺品行，为民办事，这才是咱们修建文庙的初衷啊！"大家听后纷纷点头，连连称是。

徐宗干爱民敬民，注重实务，后来曾担任福建巡抚，成为晚清名臣。而他在高唐州知州任内修建的文庙虽然部分建筑今已不存，但大成殿这座主体建筑仍然保存至今，成为聊城儒学文化的重要见证。

二

历史风云

作为国家历史文化名城，聊城自古以来就是人杰地灵、物华天宝之地。数千年间，这片土地孕育、吸引了无数传奇人物，他们在这里谱写了无数传唱千古的风云故事，构建出独属于聊城的历史记忆。在这些脍炙人口的故事里，既有像季札赠剑徐君墓、鲁仲连射书救聊城、孙膑添兵减灶智斗庞涓等彰显中国传统文化核心理念——仁义礼智信的故事，又有范筑先死守聊城、张自忠捐躯报国这样抗击外敌侵略的故事，更有张梦庚喋血三一八、史钦琛血战耿楼、钟铭新浴血苏村、孔繁森捐躯高原这样为国牺牲、为民奉献，为建立社会主义独立自主的现代化国家而奋斗的赞歌。这些风云故事，都已经深深地融入聊城的历史文化之中，昭示了国家兴亡的沧桑大道，传承着生存处世的人生哲理，积淀成了国家和民族的文化底色。

（一）往事回味

1. 季札挂剑台

友情与诚信的纪念碑

季札是春秋时期吴国著名政治家、外交家，吴王寿梦第四子。他淡泊名利、诚实守信、德才兼备，在音乐、礼教、哲学方面均有很大成就，留下了季札观礼、延陵挂剑等历史典故，其中延陵挂剑传说发生于聊城市阳谷县张秋镇，千百年来一直传颂，成为诚信与友谊的代表。

公元前 544 年，季札奉吴王余祭之命出使鲁、齐、卫、晋诸国，一方面加强与中原诸国的政治、经济、文化交流，另一方面观察各国虚实及对吴国的态度，以便结盟或合作。在出使晋国的行程中，季札顺便拜访了徐国。为了表示尊重，他佩带宝剑，以国君之礼拜见了徐国国君。徐君见季札彬彬有礼、知识渊博，对他也非常倾慕。徐君询问季札："徐国是个弱国，又处于诸侯之中，每天都担心强国兼并。我们如何在诸强林立中保持独立呢？请您教我自保之法。"季札说："君子治国，在仁不在军。只要您体恤百姓，爱惜民力，与诸国交往时不卑不亢，那么徐国就会一直延续下去。"徐君对季札的回答非常钦佩，邀请他出使晋国归来时再到徐国做客。当季札起身准备离开时，徐君看到了季札腰中的宝剑。这把宝剑精美异常，顿时引起了他的注意。季札看到徐君很喜欢这把剑，于是双手奉上请他观看。徐君抽出宝剑后，只见一道寒光闪过，锋芒逼人。徐君赞叹道："吴国以铸造宝剑而出名，有欧冶子、干将、莫邪等大师，这把宝剑我平生所未见，真是稀世珍宝呀！"看到徐君羡慕的眼神，季札本想将宝剑赠给他，但出使任务还未完成，不能不佩带宝剑就参见其他诸侯国的国君。季札内心虽然已经允诺将宝剑赠予徐君，但因为他素重承诺，因此并没有说出口。

　　季札到达晋国后，虽然有歌舞、宴会招待，但他总是闷闷不乐，总想着赠剑的事情。当出使任务结束后，季札便急匆匆地赶到徐国，准备履行自己的承诺。可不幸的是，徐君已经在楚国去世了。季札听到这个消息，不由得非常悲伤，就将宝剑解下，准备送给继位的新君。他的随从劝阻说："宝剑是吴国的宝物，怎么能够随便赠送给别人呢？那不是长别人志气，灭自己威风，显得吴国低下吗？"季札对随从说："前些日子我经过徐国，徐君喜欢我的宝剑，但没有明说。我因为有出使任务，才没有献给他。徐君是一位仁义之人，我心里已经答应把宝剑赠送给他，怎么能够因为他去世了，就违背自己的承诺呢？因为爱惜宝剑，而违背我的良心，正直的人都不会这样做。"于是，季札就把宝剑送给新君。继位的新君说："父亲去世前并没有告诉我宝剑的事情，我不能接受。这是您跟我父亲之间的交往，作为晚辈，我实在不能参与。"

　　季札来到徐君坟墓前，看到墓前有一棵大树。他将佩剑解下挂到树上，然后就离开了。他用挂剑赠友的行动，践行了自己的诺言。后人为了纪念季札的诚信精神，在他挂剑的地方修建了一座高台，称为"挂剑台"。季札挂剑台的故事就成为讲信用、重承诺的典范，代代相传，历久弥新。

2. 齐鲁柯地会盟

曹刿勇劫齐桓公

聊城市阳谷县的阿城镇，在春秋时期属于齐国的柯地。公元前681年，鲁庄公曾经与春秋五霸之一齐桓公在这里会盟。

在这次会盟之前，齐桓公还曾主持过北杏会盟，但是鲁庄公拒绝参加，这可惹恼了齐桓公。为了惩罚鲁庄公，齐桓公率军攻灭了鲁国的附庸遂国（在今肥城市南），随后与前来救援遂国的鲁国军队大战。鲁军的统帅是大将曹刿，三年前曾与齐军大战于长勺（在今济南市莱芜区苗山镇），当时他初出茅庐，就用"一鼓作气，再而衰，三而竭"的判断大败齐军。但经过管仲改革，此时的齐军已非当年可比。曹刿接连三次大战都失败了，连肥沃的汶阳一带的田地（今泰安市西南大汶河之北）都被齐军占领了。

这个时候，齐军的兵锋距离鲁国国都曲阜只有五十里了，鲁国危在旦夕，鲁庄公和他的臣子们殚精竭虑地思考怎么保全国家。曹刿认为，实力差距过大，战无胜算，停战结盟是最好的选择。太后文姜也认为只要鲁庄公不再意气用事，死战到底，齐桓公顾念舅甥之情（齐桓公是鲁庄公的舅舅），会同意结盟的。定下对策后，鲁庄公便给齐桓公写信，表示愿意签订盟约，但齐国军队必须退出鲁国。其实，齐桓公也没有吞并鲁国的打算，毕竟鲁国是周公嫡传的大国，吞并鲁国不符合齐桓公"尊王攘夷"的战略，他的目的是要鲁国臣服，承认他的盟主地位。于是他立即退兵于齐国境内的柯地（在今阳谷县阿城镇），然后与鲁庄公约定了会盟日期。

齐国退兵后，鲁国的危机暂时解除，但鲁庄公仍然担心柯地会盟的时候会被齐国君臣欺辱。他询问众臣："谁愿意跟我一同前往？"这是一个危险的差事，但当即就有个豪壮的声音答道："臣愿随主公前往！"鲁庄公循声望去，原来是大将曹刿。他担忧地说："曹将军曾多次败于齐军之手，恐怕到时候齐人会拿这个说事，轻慢于你啊。"曹刿沉声答道："臣正想借此机会，一雪败军之耻！"鲁庄公听后信心大振："卿有此决心，寡人还有什么要担心的呢！"

鲁国这次去柯地结盟，是兵败求和，在这样的条件下，往往会耻辱地签订割地赔款的不平等条约，怎么能雪耻呢？原来曹刿和鲁庄公另有计较。他们受够了齐国的欺辱，不能在会盟上再次丧权辱国，让世人都认为鲁国软弱可欺。因而他们一早就下定决心"不成功，则成仁"，要让世人看到鲁国的血性。

到了柯地，会盟开始之后，曹刿紧紧跟在鲁庄公身后拾级登坛，寸步不离。就在进行到歃血为盟仪式的时候，鲁庄公突然从怀中掏出了一把匕首，劫持了身边的齐桓公。他左手拿匕首对着齐桓公，右手紧紧抓住齐桓公的衣袖，大声说道："你们齐国欺人太甚，都侵略到距离我们国都只有五十里的地方了。

反正都是一死，不如一同死了吧！"

事变过于突然，齐国上下毫无防备，台上台下大惊失色。管仲反应过来，率人前来救援齐桓公，却见曹刿也掏出匕首，挡在了台阶上。管仲无法上前，怒斥曹刿说："会盟乃是信义之事，曹大夫为什么要兵刃相见？"曹刿则怒目圆睁，满脸激愤之色："齐国自恃强大，侵略我国，杀我百姓，夺我汶阳之田，有何信义可言！齐侯既然以扶危济弱为己任，今天就先把汶阳田还给我们，我们才会订立盟约。如果齐侯不同意，大家就一起血溅盟坛吧！"

曹刿的怒吼震得齐国君臣无言可对，还是管仲首先反应过来，对齐桓公说："请主公答应曹刿大夫的请求！"齐桓公醒悟过来："寡人答应就是。"听到齐桓公的承诺，曹刿才扔掉匕首，跪在鲁庄公和齐桓公面前大声说："请两位君主歃血盟誓，以示信义！"齐桓公只好以手蘸血，抹在口边，与鲁庄公一起盟誓道："齐鲁两国，亲戚之情，兄弟之邦。自此以后，捐弃前嫌，永息干戈，以结百世之好。两君盟誓，天人共鉴！"

盟誓完成之后，鲁庄公和曹刿从容离去。齐国司马王子成父护卫失职，气愤难平："曹刿他们竟然敢挟持主公，实在是太过无礼了，臣深以为耻。请让我追赶上鲁侯，砍掉曹刿的脑袋，以雪此耻！"齐桓公却似乎已经忘记了刚才的惊险，笑着说："寡人已经许诺了鲁侯，怎么可以反悔呢？匹夫之交尚且要重视一个'信'字，寡人要立信于天下，不可因为这点屈辱而舍弃大义。"最终，鲁国君臣安全地离开了柯地，回到了鲁国，齐桓公也将汶阳之田如数归还了鲁国。

在柯地之盟中，曹刿仗剑一怒，收复失地，引领了春秋战国侠客之风，太史公在《刺客列传》中将他列为刺客之首，名传千古。齐桓公虽然吃了一亏，但他坚守承诺的信义形象流传开来，令人诚服，促成了他日后的霸业。

3. 添兵减灶

孙膑马陵道智斗庞涓

马陵之战是中国历史上设伏歼敌的著名案例，战斗发生于聊城市莘县大张家镇马陵村，对阵双方为齐国著名军事家孙膑与魏国大将庞涓。马陵之战导致了整个战国局势的变化，魏国遭到重创，韩国实力大损，齐国迅速发展，成了战国时期的著名强国。

公元前343年，因在桂陵之战中遭受屈辱，魏惠王下令攻打实力较弱的韩国，准备一雪前耻。韩国根本不是魏国对手，被打得毫无还手之力，多座城池被魏国占领。韩国国君非常害怕，慌忙派遣使者向齐国求救。齐威王询问孙膑意见，孙膑说："战事初起，魏国兵势正盛，如果现在齐国出兵，一定会损失很大，不如等待魏韩两国相互消耗后，咱们再出兵，就可以坐收渔翁之利。"齐王认为非常有道理，因此虽然答应了韩国出兵的请求，但一直迟迟不派援军，坐山观虎斗。而韩国得到齐国派遣援军的消息，士气大振，拼死抵抗，等待齐军到来。

当韩军五战皆败、魏军也实力大损之时，齐威王命田忌为主将，孙膑为军师，再次使用"围魏救赵"策略，率军直趋魏

马陵之战旧址碑（张克清摄）

国都城大梁，诱使魏军从韩国撤离，从而中途伏击。魏国不愿重蹈桂陵之战的覆辙，于是停止进攻韩国，准备与齐军正面决战。魏惠王首先将大军撤回国内进行整顿，补给军草，训练士卒，然后命太子申、庞涓为将，率军十万人抗击齐军。看到魏军来势汹汹，大有一口吞掉齐军之意，孙膑建议田忌不要正面决战，可以利用魏军骄傲自大及庞涓求胜心切的弱点，主动撤退，引诱魏军进入伏击圈，聚而歼之。

当看到齐军不战而退时，魏太子申认为孙膑必有奸计，如果魏军追赶，可能遭遇不测。但庞涓完全被仇恨冲昏了头脑，发誓一定要生擒孙膑，以解心头之恨。为了彻底打消魏军的顾虑，孙膑又采用减灶之法麻痹庞涓，第一天挖了十万人煮饭用的灶，第二天减少至五万人，第三天再减少至三万人。庞涓观

63

察到齐军饭灶数量锐减后，内心狂喜，稍存的戒备之心也完全丧失。他对太子申说："齐军士气低落，已经逃跑大半，咱们可以带领少量骑兵加速追赶，一定可以全歼齐军，并抓获田忌、孙膑。"于是，庞涓留下步兵，率领部分骑兵追赶齐军。

齐军后撤至马陵，孙膑认为此地非常适合伏击，于是命一万名弓箭手埋伏于马陵道两侧，并将路旁一棵树的树皮剥掉，上面书写"庞涓死于此树下"七个字，命弓箭手一旦发现火光就万箭齐发。长途奔波的魏军到达马陵道时已是黑夜，早已疲惫不堪，怨声载道。庞涓命士兵就地休息，自己观察地形。他突然发现一棵树没有树皮，在月光中隐隐看到上面刻了几个字。为了看清字迹，庞涓命士兵点上火把，到树下观看。埋伏的齐军看到火光，顿时万箭齐发。魏军毫无防备，纷纷中箭身亡，损失大半，连太子申都被俘获。眼看魏军被齐军包围，即将全军覆没，庞涓彻底丧失了斗志。他仰天长叹，然后羞愧自杀。孙膑也因此一战成名，成为齐鲁大地著名的军事家。

4. 射书救城

鲁仲连一箭救聊城

鲁仲连又名鲁连，是战国时期齐国茌平人。他不但正直善良，而且足智多谋，是著名的政治家、军事家与外交家。鲁仲连非常怜悯饱受战乱之苦的普通民众，一直秉持息兵、停战思想，其中他射书救聊城的故事更被传为千古佳话。

公元前 286 年，齐国攻灭宋国，占领了淮北大片土地，齐国的举动引起了其他诸侯国的不安与愤怒。两年后，燕、秦、韩、赵、魏五国组成联军，由燕国大将乐毅率领，攻打齐国。联军势如破竹，先后在济西等地击败齐军，并占领齐国都城临淄，齐湣王逃往莒地。乐毅又接连攻下齐国七十多座城池，其中聊城也被攻占，齐国几乎灭亡。后来燕昭王去世，加上齐将田单坚守即墨，燕军久攻不下，士气日益懈怠。田单为恢复齐国，采用反间计，派人携带珠宝贿赂燕国权臣，并对新即位的燕惠王说："乐毅功劳太大了，很短的时间内就打下了齐国七十多座城池，但为什么却久攻即墨不下呢？这是因为他希望大王您封他为齐王，如果不封齐王，他就会怨恨您，可能谋反。"听了使臣的话，燕惠王非常恼怒，就将乐毅召回罢免。当时驻守聊城的燕将燕冲也在召回之列。他害怕回去会被燕王杀掉，于是抗命不遵，一直据守聊城。田单抓住燕国君臣失和、相互怀疑的机会，摆开火牛阵大破燕军，一举收复了先前被燕军占领的城池。但在围攻聊城时，齐军却遭遇到燕军的拼死抵抗，攻打一年，也没有成功。长久的相持使两军都异常疲惫，城内燕军与百姓缺衣少粮，甚至达到了"食人炊骨"的境地。而城外的齐军军粮紧张，也给附近的百姓带来沉重的负担，聊城民众苦不堪言。

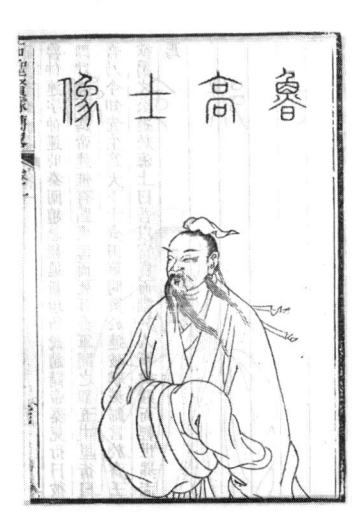

鲁仲连画像

鲁仲连听闻聊城百姓的苦

65

难后，就径直赶到两军前线，面见田单说："现在两军相持已经一年多，百姓遭受的苦难太沉重了。我愿意写一封书信，用箭射到城中，劝说燕将放弃抵抗。我希望您暂时退兵，给燕将一个考虑的机会。"田单知道鲁仲连是各国推重的名士，爽快地说："先生要救民于水火，我一定鼎力相助。"随即主动将围城的齐军撤到远处。鲁仲连抓住这个机会，给燕将写了一封信。这封信动之以情，晓之以理，很有说服力。在信中，鲁仲连劝燕将说："聪明的人都会审时度势，权衡利益和名声。您违背燕王的命令，不返回燕国，这就是不忠；聊城终将会被齐军占领，您一定会成为败军之将，这就是不勇；您身败名裂，不能留姓名于青史，这就是不智。不忠、不勇、不智您都占全了，希望您早点做出决断！"

写完后，鲁仲连将书信绑到箭杆上，射入了城中。聊城城内的燕军捡到书信后，交给了燕冲。燕冲看完了信，心神烦乱，连续痛哭了三天，不知如何决断。他心想：如果回到燕国，君臣之间已有嫌隙，恐怕会被杀掉。如果投降齐国，燕齐之间仇恨很深，可能遭受屈辱。最后，燕冲把脚一跺，仰天长叹一声："与其遭受屈辱而死，还不如自杀，保持最后的尊严！"于是，拔剑自刎。燕冲死后，燕军大乱，田单趁机攻入聊城。这次战斗结束后，田单向齐王报告鲁仲连的功绩。齐王大喜，准备赐予他官职与爵位。鲁仲连说："我不是为了钱财和官职，而是为了聊城的百姓。为天下人排难解纷而不取私利，才是我的作风啊！"

鲁仲连一箭救聊城，显示了超凡的智慧与为民的情怀。他的千古英风，也得到了聊城百姓的代代传扬。

5. 开凿会通河

古代水工的巧思妙想

聊城境内的运河被称为会通河。这段运河是人工开凿的一段河道。在开凿过程中，为了保持水源，沿河修建了众多船闸，因此这段河道又被称为"闸河"。这段河道从勘察设计到开凿修闸，再到通航使用，集中展现了水利专家、开河官员和劳动人民的智慧和力量。

元至元十三年（1276），忽必烈完成中国南北统一，建都大都（今北京），迫切需要开通一条贯穿南北的大运河，将南方的漕粮运抵首都。为此，丞相伯颜委派著名水利专家都水监郭守敬勘察淮河以北至御河的地形地貌。郭守敬晓行夜宿，沿途测量，充分了解了鲁西地区的水文形势，又把从东平大清河，经黄河故道至御河，又自御河至东平西南水泊，以及汶、泗诸水等水文形势，绘制成地图册，上奏朝廷。郭守敬所做的这份宝贵的勘测报告，为元廷开凿会通河打下坚实的前期基础。

在开通济宁境内的济州河之后，江南漕粮可以从江淮北上抵达大清河。但是因为大清河河道不畅，需要经茌平，陆运二百余里，经临清进入御河，运输颇费周折，百姓也非常疲惫，开通一条新河的呼声越来越高。至元二十五年（1288），寿张县尹韩仲晖、太史院令史边源相继建言，在济州河北开挖新河道，设置闸座，引汶水通漕船抵达御河，实现漕粮北运和商贸往来的畅通。同年十月，尚书省平章政事桑哥向忽必烈上奏说："这条新开的济州河沟通济宁至东平安山的运河，极大地便利了漕粮运输。但从东平安山经聊城到临清，还有265里路程尚未开通水运。如果在东平至临清之间开凿一条运河，就能打通中国南北的水路运输，带来利及万世的好处。"因此，他强烈建议朝廷储备金银粮草，征调挖河夫役，开通自东平至临清之间的运河。最终，桑哥的提议获元廷准许，忽必烈正式决定开挖这条新运河。

收到忽必烈圣旨后，中书省随即派出漕运副使马之贞前往山东勘察地形，商讨开挖新河的具体方案。勘察过后，马之贞向朝廷上交聊城至临清一带的地形水文图，并建议尽快开通新河。忽必烈高度重视，很快下诏拨钱150万缗、米40000石、盐50000斤，作为征募河夫的钱粮。在此基础上，元廷又准备数量充足的开河器具，征发东昌、高唐等府郡县成年壮丁30000余人，派遣断事官忙速儿、礼部尚书张孔孙、兵部尚书李处巽等中央高层官员亲赴工地督理工程。这条新运河的开凿起于至元二十六年（1289）正月，至当年六月竣工。根据地势高低，新河河道建闸31座，以蓄泄水源。竣工后，忽必烈闻讯欣喜，特赐名"会通河"。

会通河起自东昌路须城县（今山东东平）安山西南，经寿张（今山东梁山寿张集）西北至东昌（今山东聊城），西北行经临清，最后与御河相接，全长250里。元朝开凿的这条经过今聊城境内的会通河，正式将南北大运河连为一体，这条沟通南北的交通大动脉以崭新的面貌呈现在世人面前。会通河南与济州河相连，从此江南漕粮可以经水路直达通州。会通河的开通为明清时期运河航运的繁盛奠定基础，也为聊城日后的繁荣兴盛以及区位优势的提升奠定了坚实基础。

6. 挺身救民的斗士

王朝佐舍生斗马堂

明朝万历年间，国家朝政日趋腐败，社会矛盾空前激化。明神宗频繁内外用兵，大修宫殿，导致国库空虚，危机重重。为摆脱财政入不敷出的困难局面，明神宗派出大批宦官充任税监，去全国各地搜刮民脂民膏。这些外派税监盘踞在重要的城镇和水陆码头，他们设置关卡，征收关税；还对城市内的店铺、作坊抽收工商杂税。京杭大运河是当时南北经济交流的大动脉，两岸城镇更是成为税监争相搜刮的目标。在从济宁到临清不到四百里的运河沿线，各类税监设立的关卡林立。这些外派的宦官税监仰仗皇权撑腰，无恶不作。沿岸的两个重要商埠聊城和临清，更是被税监们视为肥肉，争相吞噬。为争夺财源，宦官陈增与宦官马堂为此发生激烈争执，地方官怕得罪这些拥有权势的宦官，都不敢插手处理。最后，由神宗出面调解，决定由陈增在聊城收税，马堂在临清敛财，才算暂时结束了这一闹剧。

在临清设置税监署之后，马堂专门在社会上招收数百个地痞、无赖充当帮手，无恶不作。这伙无赖在马堂怂恿下，在临清城里到处设置关卡，对行商、店铺、手工业作坊横征暴敛，导致大量工商户倒闭破产。临清原有的 38 家行商，因征税苛罚而破产的就多达 36 家。各类倒闭的店铺更是数目惊人。据统计，32 家绸缎店，倒闭 21 家；73 家布店，倒闭 45 家；杂货店倒闭 41 家。然而，马堂并没有因此而放松搜刮，他指使爪牙大白天在城市街道和十字路口公开抢劫货物，甚至连背着一斗米进城的村妇也不放过。到晚上，他们甚至明目张胆地闯入富有人家敲诈勒索，以借钱物为名，硬逼人家交出一半财产，如不答应，便以违禁之罪没收田产。为达到目的，他们无所不用其极，怂恿百姓互相告发，告发成功的人，可以分得被告田产的十分之二。于是，一时间，诬告好人的歪风就像瘟疫一样流行开来，弄得临清中等人家一半以上倾家荡产。稍有资产的人家惶恐不安，不知哪天就要横祸临头，谁还敢正常营业？于是，临清城里城外，萧条冷落，一片死寂。个体商贩失去生计，靠出卖劳动力为生的手工业者也由于作坊工场倒闭而断绝了谋生门路。税监的横行把人们逼上绝路，除了起来反抗，已经别无他法。最终，万历二十七年（1599），临清爆发了由王朝佐领导的反税监马堂的斗争。

王朝佐是临清的一个穷苦百姓，家无田产，靠做工维持家庭生活。由于税监肆意勒索，市井商业萧条，王朝佐失业流落街头，靠出卖苦力谋生。马堂及其爪牙们的胡作非为，早已引起王朝佐等底层百姓内心的愤怒。由于找不到谋生之处，王朝佐被迫流落街头，忍饥挨饿好几天，最后下定决心要找马堂说理。这天清晨天刚亮，王朝佐径直走到税监署门前大声质问，要马堂出来说理。临清百姓们郁积已久的怒火终于被点燃了，大家纷纷赶来为王朝佐助威。不一会儿时间，就在税监衙署门前聚集了好几百人。群情激愤的临清百姓在税监署门前高喊口号："打倒欺压百姓的马堂！"将矛头直接对准税监头目马堂，吓得他魂飞魄散，藏在角落不敢乱动。马堂下令守卫税监署的爪牙从垣墙上朝百姓开弓放箭，好多人被射伤。这更加激怒了义愤填膺的百姓。王朝佐挥臂大呼一声，抢先闯入税监署大门，百姓们紧随其后涌进院内，同马堂的爪牙们展开生死搏斗。王朝佐点起一把火，烧着了税监署的房子，刹那间浓烟滚滚，烈焰映天，税监署成了一片火海。临清百姓平日被这些地痞、无赖欺压够了，这下终于找到发泄愤怒的出口，个个拿着锄头、棍棒狠狠追打这些平日作威作福、欺压百姓的地痞恶棍。看到场面失去控制，躲藏在角落里的马堂早已吓得魂飞胆裂，手脚麻木，幸有临清守备王炀赶来，把他背起来从小门狼狈溜走，才免于一死。一场贴身肉搏过后，马堂手下三十七名无恶不作的爪牙被临清百姓当场打死。

事变过后，山东巡抚派人来查办此案。经查，被打死的三十七名马堂的爪牙都是盗贼、

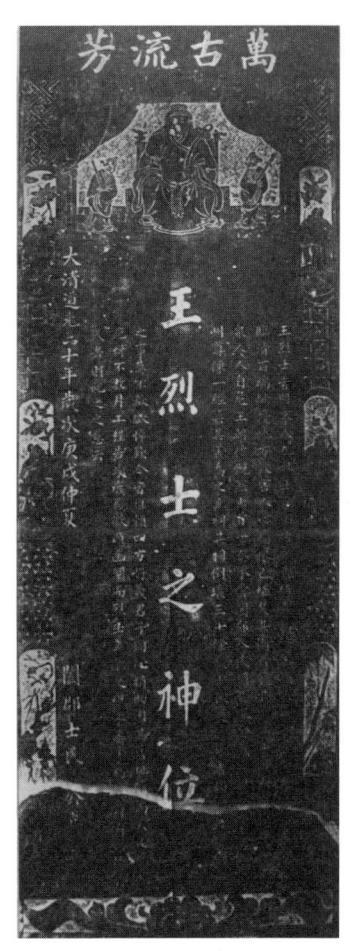

王朝佐烈士碑

歹徒。办案官员明明知道此事是因马堂的横征暴敛而引发的民变。但是，他们害怕如实汇报会得罪掌权的宦官集团。于是，便谎报说是临清百姓刁悍闹事。明神宗闻报后，龙颜震怒，下旨将首犯严查重处。地方官到处搜捕，把临清的大批百姓收入监狱，并扬言要把这些人全部上报，一一问斩。这时，王朝佐挺身而出，怒斥地方官："首先发难的是我，'首犯'是我一个人，你们为什么要牵连这么多无辜百姓？"最终，地方官决定将王朝佐处斩，来结束这场民变。

万历二十七年（1599）七月二十六日，这天是王朝佐受刑的日子。临刑前，临清百姓纷纷赶来与这位平民英雄诀别，道路两旁挤满前来送别的百姓，上万名百姓都流下了不舍的热泪。王朝佐火烧税监署的义举，狠狠地打击了马堂及其爪牙的气焰。临清百姓敬仰和怀念这位平民英雄，自觉组织起来，抚恤王朝佐的妻子和老母，并主动集资为他修建祠堂，以感念他拯救了无数临清百姓的生命。

7. 巧立减税碑

任克溥投碑免税

任克溥（1618—1703），字海眉，山东聊城人。清顺治四年（1647）进士，初授河南省南阳府推官。此后，任克溥升为刑部右侍郎，后任左侍郎。康熙帝曾夸赞任克溥："任某能干，确是如此。"

康熙十八年（1679），有人告发白莲教教徒将在东昌一带作乱，任克溥没有及时上疏，落职回归故里。回乡后，他筑"绮园"自居，整日在家闭门教子。他还在"绮园"里筑"孰睦堂"，常同兄弟侄辈中高龄者宴聚一堂。家居期间，任克溥急公好施，热心乡邦事务，仅捐修学校、光岳楼、鲁仲连台及驿馆的白银，就多达数千金。对于东昌府百姓疾苦，他也有切肤之感。一个"无税碑"的动人故事，就在聊城世代相传。

任克溥回乡闲居后，本想不问世事，颐养天年。谁料家乡东昌府连年遭受水灾，民不聊生，哀鸿遍野。遭受这种百年难见的灾情，东昌府官吏为保乌纱帽，不但不积极上报灾情，反而还大量搜刮民财，苛捐杂税有增无减，百姓怨声载道。为拯救受灾的家乡民众，任克溥破例三次上书康熙帝，陈述灾情，要求减免官税，赈济灾民，均未得到回复。他为此焦急不安。功夫不负有心人，事情终于迎来转机。一天，他收到朝中同僚的一封便函，告知康熙帝即将沿运河南巡，圣驾会经临聊城。任克溥转忧为喜，心生一计，忙吩咐家人依计而行。不久之后，康熙帝的南巡龙舟来到东昌府城，任克溥同东昌府官员沿运河河岸列队跪迎龙舟。当龙舟行到东昌府东闸口附近时，领航的龙舟突然触物搁浅，无法航行。随行官员立即向康熙奏察，皇上降旨，令东昌知府速派水工清理河道。水工下水不久，捞出一块石碑，上面刻有字迹。随行官当即上奏康熙。康熙问："上面刻着何字？"任克溥近前跪奏道："启奏万岁，此碑沉于河中甚久，不知来历。但其胆敢阻挡龙舟，恐有缘由，还请皇上明察为好。"康熙暗暗点头，于是走出龙舟，随任克溥及东昌知府来到石碑前。康熙见石碑虽挂满泥沙，字迹却甚为清晰，顺口念道："今日无税。"语音未落，任克溥连忙双膝跪倒高呼："谢主隆恩。"康熙不解其意，忙问："爱卿，这是何意？"任克溥奏道："东昌府连遭水灾，百姓生计艰难，今古碑显现，想是天意，万岁为体恤灾民，金口免去东昌赋税，我岂不为家乡父老谢恩？"康熙听了任克溥一番启奏，忽然想起任克溥有三道奏折，因诸事繁忙，一直没有批复。此时石碑阻舟，又上书无税，虽感蹊跷，但又不能不信其言，于是说道："东昌府连遭水灾，本应早免赋税，今日古碑显现，实乃天意，就照此办理吧。"这样一来，为东昌民众减去了部分赋税，减轻了负担。其实，石碑并非什么天意，乃是任克溥为拯救东昌民众，冒死预谋的一个计策。

康熙三十八年（1699），康熙帝驾阅河南，任克溥再次奉旨迎驾临清，并官复原职，加刑部尚书衔，被选为乡饮大宾。康熙四十二年（1703），康熙帝南巡过聊城，临幸任克溥居住的绮园，并题"松桂堂"匾额和对联一副，对联曰："绿水本无忧，因风皱面；青山原不老，为雪白头。"任克溥读书忘倦，生前著有《任克溥奏议》《占鳌蓑奄诗集》，终年八十六岁，入聊城乡贤祠供祀。

（二）名人逸事

1. 毁誉东阿

晏婴两治东阿城

春秋时期，齐国名臣晏婴受命治理东阿。上任伊始，晏婴便实地调查，以了解民情。他亲自带领百姓修筑道路，开垦荒地，大力改善百姓民生。他注重维护社会治安，净化民俗民风，惩治懒人恶人。在任期间，晏婴处事不卑不亢，多次拒绝了地方豪强私下的请托办事。经过三年的精心治理，东阿社会安定，经济发展，百姓乐业，一派兴旺景象。

与此同时，许多利益受损的东阿地方豪强却四处告状，甚至买通关系向齐景公说晏婴治理东阿不力，没有政绩，存在各种各样的问题。于是，齐景公生气地把晏婴召回来，责备道："我以为你有才能，才派你去治理东阿。可你越治越乱，实在令我失望，只能罢免你的职务！"晏婴没有强辩，而是请求齐景公再给他一次机会，去治理东阿。如若治理不好，甘愿为此而死。齐景公勉强答应了他的请求。

此后三年，晏婴不修路，不理事，不惩治懒人恶人。他决狱断案，袒护地方豪强，甚至营私舞弊、欺上瞒下，但赞誉之声却传遍了全国。齐景公听到一片颂扬声，便亲自出城迎接晏婴，祝贺道："这次您将东阿治理得很好啊！"不料，晏婴冷冷地回答说："过去我治理东阿，地方豪强的嘱咐托情行不通，贿赂也行不来。池塘里的鱼给贫穷百姓，来改善生活。那时候，东阿百姓没有挨饿受冻的。我采取各种措施，奖励勤俭孝悌的人，惩罚小偷坏人，懒民很不高兴；我断案不偏袒豪强，豪强利益受损，纷纷忌恨我。您身边的权贵求我办事，合法我就办，不合法就明确拒绝，您身边的权贵也不喜欢我。我侍奉权贵不超过礼的规定，权贵们也不高兴。邪民、懒民、豪强这三邪在外边到处散布我的坏话，您的左右和权贵这二谗在里边纷纷进我的谗言，三年内关于我的坏话就灌满了您的耳朵。后来，我改变了政策，为邪民开后门，邪民很高兴；不奖励勤俭孝悌的人，不惩罚小偷坏人，懒民很高兴；断案时刻意讨好豪强，豪强们很高兴；您的左右求我办事，我一概答应，您的左右很高兴；侍奉权贵超出礼的规定，权贵们很高兴。于是，三邪在外边说我的好话，二谗在里边也说我的好话，三年内关于我的好话就灌满了您的耳朵。其实，我过去招致指责的行为才是应该被奖赏的，现在招致奖赏的行为却是应该受到惩罚的。所以，您的奖赏，我是不敢接受的。"说完这些话，晏婴拜了又拜，便要离去。

齐景公听了这番话，才明白自己偏听偏信，错怪了晏婴，赶忙从座席上下来抱歉地说："您还是尽力治理好东阿吧！我再也不听旁人的谗言了。"从此，齐景公对晏婴更加信任，并把更大的职权交给晏婴。最终，在晏婴的忠心辅佐下，齐国的面貌焕然一新。

2.代兄赴死

卫国兄弟的生死情谊

今天，在莘县十八里铺镇太子张庄村旁有一个引人注目的冢墓。相传，这是春秋时期卫国太子伋和他弟弟寿的合葬墓，当地百姓俗称它为太子冢，为聊城市重点文物保护单位。历经两千七百多年的风雨冲刷，太子冢至今仍有三丈多高，方圆十亩多大，远远望去像一座小山。在这个历史古迹的背后，还有着一个感人至深的动人故事。

春秋时期，莘野是齐国和卫国的交界处，也是两国往来的交通要道。当时，卫国国君卫宣公，名晋，生活淫纵不检。为公子时，卫宣公就与其父庄公之妾夷姜私通，生下一子名伋，寄养于民间。

宣公即位后，夷姜得宠，伋顺理成章被立为太子，成为法定继承人。待伋长到十六岁，宣公为其聘齐国宣姜为妻。然而，贪色昏庸的卫宣公听说宣姜有绝世之姿，欲自纳为妾，便派人在洪河旁构筑宫室，名曰新台。然后，他把本应为新郎官的太子伋差派到宋国，自己大张旗鼓地把宣姜迎到新台，纳为小妾。

太子伋自幼成长于民间，历尽艰辛，性格宽厚忍让，得知此事，亦未过于计较。宣公自纳宣姜后，置国事于不顾，只在新台朝欢暮乐，荒淫无度。三年中，与宣姜连生二子，长曰寿，次曰朔。宣公偏爱宣姜，不久废原王后夷姜，将新宠宣姜立为王后，还想把江山传给寿、朔弟兄，无奈伋温柔敬慎，从不失

张庄村太子墓（王学全摄）

德，欲责无由。公子寿天生贤明，与伋情同手足，经常在宣公和宣姜面前，为太子伋周旋。唯有这个公子朔天生狡猾奸诈，恃其母得宠，暗暗结交狐朋狗友，伺机夺权。他不但仇视太子伋，连亲兄寿也视如仇敌，必欲除之而后快。宣姜本系伋之妻，后被宣公霸占，生子得宠，也担心日后伋对己不利，遂与朔合谋，常在宣公面前说伋的坏话。一来二去，宣公对伋好感全无，进而将他视为眼中钉。

不久，齐僖公约卫国伐纪，卫宣公便派伋到齐国去订出师日期。宣公与朔商定，自卫国去齐国，必经莘野，至莘野必登陆休息。朔派刺客事先埋伏，待伋到来，伏兵齐出，将伋杀死，以绝后患。不料，这一阴谋被善良的公子寿探知，随即通报于伋，劝伋不要自投罗网。太子伋却说："身为儿子，要听从父亲的命令，否则就是不孝。"于是，他并没有听从寿劝说，毅然登上险恶的行程。寿苦劝无效，自思道："若伋被杀，按长幼顺序，定立我为太子。害兄篡位的恶名，实在难以辩解。不如我提前出发，代兄伋去死，我死后父亲尚能悔悟，仍以伋为太子，可谓忠孝两全之策。"于是，他另觅一舟，顺河而下，找伋饮酒饯别。两人泪眼相对，心怀悲伤。寿故意将兄长伋灌醉，并趁伋昏睡之际，穿上太子的衣服，取下伋手中的白旄，插在自己的船头，命船工起锚，顺流而下，行至莘野，准备弃船登岸。刚下船不久，朔埋伏的刺客就一拥而上，乱刀砍死了寿，割下头颅，回去复命。

回船逆流而上，船速较慢，刚行不久，只见一船顺流而下，匆匆赶来。原来，太子伋酒醒后知其弟代行，便放船追赶，正好与朔所派刺客的船只相遇。伋站立船头，大声叫道："我就是太子伋，父亲命人杀我，你们为何伤我寿弟的性命？"刺客们见杀错了人，不管三七二十一，便执锐器一拥而上，将伋杀害，将两颗头颅放入匣内，回国交差。

太子伋和公子寿被害后，尸体遗落莘野之地，当地民众感念二人忠勇大义，便主动凑钱，将两具无头尸骨收敛埋葬，筑成陵墓，名曰太子冢。后来，《诗经·国风》描述此事："二子乘舟，泛泛其景。愿言思子，中心养养。二子乘舟，泛泛其逝。愿言思之，不瑕有害。"对兄弟俩手足情深、仁义忠厚的形象进行了高度赞扬。

3. 传道葬冠县

孔门十哲冉雍之死

冉雍（前522—前466），字仲弓，为孔子弟子，"十二哲"之一，春秋末期鲁国人，今山东菏泽定陶人，儒家经典《论语》的主要辑录人。在孔府祭祀的历代先贤中，冉雍位列第七。在众多弟子中，孔子最器重冉子的品德，在临终前评价他："贤哉雍也，过人远也。"荀子更称赞他为"天下不能死，地下不能埋"。

孔子去世后，冉雍把传授儒家之道当作己任，继续游学列国，传播圣道。多年的奔波，使他身心疲惫不堪。晚年，冉雍来到冠氏邑讲授孔子思想及治学为人之道。他奔走于冠县北部乡村，施教于贫民之中，摆事实、讲道理，循循善诱、诲人不倦，真正贯彻了孔子有教无类的教育思想，打破了学在官府的局面，使得冠县的广大下层百姓获得受教育的机会。

公元前466年的一天，冉雍在冠氏邑讲学传道，深受当地百姓喜爱。他一连讲了多天，人们不舍得让他走。怎奈他决意赶路，人们便赶到黄河边为他送行。出得城来半个时辰，一连送出几里地，冉雍和

冉子祠

送行的人们摇手话别，突然感到眩晕，倒在了古道旁边，大家七手八脚地把他抬到牛车上。在颠簸的牛车上，冉雍望着滔滔的黄河水，安详地永远闭上了双眼。见此情景，他的弟子们哭声一片，冠氏邑的百姓涌来围在车旁，号啕大哭，祭奠冉雍。依照古代随地而葬的习俗，在众人的帮助下，弟子们把冉子葬在黄河边。为了纪念这位客死在冠氏邑的圣贤，人们把冉子倒下的地方称作"添病"（今冠县田平村），去世的地方称为"亡断"（今冠县王段村），人们祭奠冉子的地方称为"孝子哭"（今冠县孝子哭村）。这些具有纪念和教育意义的地名，经历了两千多年历史风雨的洗刷，仍然保留得如此清晰，可见冠氏邑的后人们对儒家思想的崇敬之情是多么深远。

冠县是冉雍晚年讲学的地方，也是冉雍最终的卒葬地。时至今日，冠县还有许多以冉雍名字命名的建筑工程，冠县当地政府建设冉海水库，还重修冉雍祠，并列入旅游发展规划。

4. 清廉相国，名士楷模

被误解的魏晋名士华歆

华歆（157—231），字子鱼，汉末平原郡高唐（今高唐县固河镇大华村）人，累官相国、司徒、太尉，封博平县侯。华歆是个很有争议的人物，因为《世说新语》中管宁与华歆割席断交故事的广为流传，让世人对其有了爱惜钱财、贪慕虚荣的恶劣印象；到《三国演义》里，华歆搜捕伏皇后，逼胁汉献帝让位曹丕，更是成为一个助纣为虐、遗臭万年的丑恶奸臣。然而，我们翻开厚重的历史，拨开重重迷雾，才能真正认识那个名士"龙头"华歆。

初平元年（190），董卓为避关东联军锋芒，焚烧洛阳，迁都长安，天下大乱，郑泰等人密谋刺杀董卓失败，与华歆等六七人从武关逃往关东。途中有个独行的男子想跟他们一起走，众人觉得他可怜，想答应他，华歆不同意，他说："我们正在逃难，祸福难测，如果接受了他，到时候遇到危险怎么办？"但众人不忍心，仍然带着男子同行。后来，男子不小心掉进了井里，众人担心追兵迫近，不敢停留，就想舍弃他。这时华歆说："我们已经接受他一起逃难，再抛弃他就是不义。"于是冒着被追兵追上的风险，把男子从井里救了出来，众人这才认识到华歆的远见和高义。

华歆墓（俞善禄摄）

五年后，华歆被任命为豫章太守，他在任期间，"为政清静不烦，吏民感而爱之"，让豫章郡成为乱世中的安乐之地。扬州刺史刘繇去世后，整个豫章郡的百姓都共推华歆为扬州刺史。华歆因为没有皇帝的任命，便加以拒绝，民众竟然在豫章太守府外苦苦守候了好几个月，但最终还是被华歆婉言劝走。后来孙策进兵豫章，华歆心系百姓，不想让他们遭受战火荼毒，就出城投降。孙策十分钦佩华歆的为人，将他奉为上宾。在孙策的宾客中，华歆很有威望，每当开会的时候，只要华歆在场，其他人就不敢乱发言，因此人们都称呼华歆为"华独坐"。

　　曹操也非常钦慕华歆的才华，以汉献帝的名义征召华歆北上。当时孙权坐领江东，不想放走华歆。华歆表示自己北上，可以巩固孙权与曹操之间的情谊，孙权这才允许华歆北上。华歆要走的消息传出后，江东的同僚好友纷纷赶来送行，人数达到了上千人。他们给华歆馈赠了大量的礼物。华歆很感激同僚好友们的深厚情谊，没有当面拒绝他们的馈赠，因为那样会让他们难堪。但华歆暗地里把每人的礼物都做好了标记，等到启程的时候，他把所有礼物都拿出来集中到了一起，然后微笑着对他们说："我很感激诸位的情谊，也很喜欢大家的礼物。但是这次前往京师，路途非常遥远，带着这些礼物很不方便，也容易招惹贼人觊觎，还请大家帮我想个万全之法。"看到这个场景，大家都明白了华歆的用意，谦让一番后，纷纷取回了各自赠送的礼物。从此以后，人们更加钦佩华歆为官的清廉了。

　　华歆到了朝廷以后，很受曹操的重视，建安十七年荀彧死后，华歆便接替荀彧担任尚书令，协助曹操处理政务。曹丕称帝后，又拜华歆为相国，总理军政事务，此时的华歆可谓位极人臣。但他仍然清贫自守，安贫乐道，自己的俸禄、魏文帝的赏赐，他都散给亲戚朋友，家里连一点多余的储粮都没有。有一次，魏文帝赏赐给大臣很多女乐女仆，大家都欣然收纳，唯有华歆让她们一一嫁人，有个好归宿。

太和四年（230），魏明帝曹叡欲派遣大将军曹真南伐蜀汉，为此，华歆写了一篇《谏伐蜀疏》，提出了"为国者以民为基，民以衣食为本，使中国无饥寒之患，百姓无离土之心，则天下幸甚"的观点，足见其卓越的民本思想和政治智慧。

5. 马周激愤入长安

寒门学子的翻身路

马周，字宾王，茌平人，是唐朝第一个平民出身的著名宰相。他生于隋文帝仁寿元年（601），小时候父母双亡，一贫如洗，长大后身处动荡不堪的隋末乱世。但即便如此，马周仍然嗜学如命。等到大唐初定的武德年间，刚成年的马周已经是学富五车、博古通今了。马周眼看着新生的国家正如朝阳一般冉冉升起，贫困潦倒的自己却因无人举荐，一身才华无处施展，悲愤之余只得日日借酒浇愁。后来，博州来了个叫达奚恕的刺史，听说马周很有学问，就聘请他担任博州州学的助教。但马周志向宏远，不甘心当个小小的助教，还是天天喝酒，不把教学当回事，结果多次受到达奚恕的严厉批评。马周不能忍受，拂袖而去，先后跑到曹州、密州等处求职，但都没有结果。

马周文化展览馆（李想摄）

贞观元年（627）前后，马周受到密州刺史赵仁本的资助，西行去京师寻求机会。他先是到了浚仪县（在今开封），想要用诗文结交县令崔贤，但他身怀傲骨，不愿奴颜屈膝，只想平辈论交。谁知这崔贤出自山东望族清河崔氏，却是极重门第，看不起寒士，见马周不愿屈膝，便生愤怒。就这样两人产生冲突，马周的衣冠都被崔贤的手下扯坏了，崔贤还写了首诗侮辱马周："好个天下才人，羞得当街叫屈。如今扯去衣冠，好去沿街乞食。"这深深地刺激了马周，让他决心到长安博出一番功名。

马周马上西行入关，这日在新丰（在今临潼）投宿了一家旅店。旅店老板看他衣着寒酸，也不理会他，只去接待那些有钱的官员商贾，这让他再度觉得受到了冒犯。马周唤来老板，点了一桌美味、一斗八升好酒，然后一个人在那里吃，一下子就吸引了所有人的目光。他酒量惊人，自斟自饮，不知不觉竟然喝掉了一大半酒，让众人惊叹不已。但剩下的酒还是太多了，只见他要了一个盆子，把剩下的酒都倒了进去。就在众人以为他要直接用盆豪饮的时候，却见他脱掉鞋袜，把脚伸了进去，他竟然用好酒洗脚！这让众人惊叹咋舌，老板也觉得他绝非常人，起了结交之心。攀谈后知道马周要去长安发展，便介绍他到自己在长安卖蒸饼的外甥女王媪处居住。

马周到长安后，便投宿在了王媪的蒸饼店里。王媪十分崇拜马周的才学，热情招待马周，并惦记着帮他寻找用武之地。正好折冲都尉常何家的管家经常来店里买饼，王媪就对管家提起马周的才华，帮助马周成为常何的门客。

转眼到了贞观三年（629），发生了旱灾，唐太宗要求五品以上的官员都要建言献策。常何是个武将，学问不高，绞尽脑汁写不出来，马周见这是个机会，便毛遂自荐替他代写，下笔成文，洋洋洒洒。第二天，唐太宗看到常何的奏疏，所言的二十多件事，事事切中要害，唐太宗是了解常何的，知道他自己写不出这种奏疏来，便问他是怎么弄的。常何也很实诚，说这是我的门客马周帮我写的。唐太宗一下子就对马周产生了浓厚的兴趣，当即派人去传召马周入宫觐见。唐太宗渴求贤才的心非常急切，一分一秒都不能等，没等第一个使者带着马周回来，他又派了三个使者去催促，终于把马周请来。唐太宗跟马周讨论国家大事，马周的意见每每切中要害，让唐太宗非常欣喜，下诏让马周入值门下省。次年，又升马周为监察御史。

贞观六年(632)，唐太宗颁布了分封诏令，打算推行分封制。对此，马周抗颜直谏，成功地说服唐太宗停止分封，他也因此功再次擢升为侍御史。不久，马周再次上疏言事，提出了著名的"自古以来，国之兴亡，不由积蓄多少，在百姓苦乐也"的论断，深刻阐述了"君者舟也，人者水也，水能载舟，亦能覆舟"的仁治精神。这篇奏疏也被毛泽东所赞赏，认为是"贾生《治安策》以后第一奇文"。

6. 发明尺八

精通音律的吕才

尺八是名气很大的中国古代乐器，具有鲜明的唐代气象，而尺八的创造者吕才就是聊城高唐人。吕才（600—665），是唐代博州清平（今山东高唐县清平镇吕庄）人。他自幼聪慧好学，博学多能，在音乐方面有很高的才华。

最先了解吕才音乐才能的是唐代名臣魏征。有一次，他偶遇吕才，看到吕才正在吹奏一种新颖的乐器。这种乐器是竹子制作的，管身比洞箫粗短，有六个孔，其中五个在前，一个在后，吹奏起来完全合于音律，乐音悠远空灵，令人神往。魏征说："久闻吕先生擅长音律，这乐器音色纯美，我还从没有见过。"吕才说："演奏贵在合韵，我制作这件乐器长一尺八寸，因此就叫'尺八'。"吕才的音乐才能给魏征留下了深刻的印象。他对唐太宗李世民说："吕才精通音律，是难得的人

吕才纪念馆（俞善禄摄）

才，还请您多多关注。"在魏征的举荐下，李世民就命吕才在弘文馆任职，参与讨论音乐。

贞观三年（629），李世民命太常寺少卿音乐家祖孝孙修订乐章。祖孝孙就和精通音律的王长通、白明达讨论切磋，有时各执己见，争得面红耳赤。李世民说："你们谁也不服谁，那就找人来评判评判。"中书令温彦博也像魏征一样了解吕才，他说："吕才这个人聪明多能，尤其长于音乐，就让他来审定吧。"于是吕才就受命参与修订乐章，他的才能得到了大家的充分认可。

唐太宗李世民还为秦王的时候，曾率军击败叛将刘武周。在凯旋时，李世民命人将隋末军中流传的《破阵乐》填入新词，编成凯歌。后来唐太宗即位后，每逢宴会，必会演奏此曲。吕才多次观看，感觉还有值得完善之处。他对唐太宗说："《破阵乐》表现您的平叛功绩，和舞蹈结合，场面宏大，只是曲调还稍有不足。"唐太宗精通音律，听后连连称是："你说得对，我也有同感。那你就再好好完善一下吧。"吕才于是对《破阵乐》进行加工整理，并亲自教导乐工演练，终于编成了《秦王破阵乐》。吕才还加入了尺八，用于乐舞伴奏，大大增强了《秦王破阵乐》的气势和神韵。在演奏时，殿上的大臣都热血沸腾，不由得扼腕起身，李世民听后也非常高兴。而达到这样好的演奏效果，吕才创造的尺八就发挥了很大的作用。

后来，吕才发明的尺八传到了日本。在专门收藏日本皇家物品的正仓院，还收藏着一件唐代尺八，我们可以借此一睹吕才所创尺八的真容。

7. 豹死留皮，人死留名

忠勇铁枪将王彦章

王彦章（863—923），字子明，一字贤明，郓州寿张（今阳谷寿张）人，五代时后梁名将，常持一铁枪，驰战如飞，时人号为王铁枪。王彦章常说："人死留名，豹死留皮，大丈夫怎肯负人恩德！"他这么说，也是这么做的，这在五代十国时期甚是难得。

在梁太祖朱温反唐尚未成功时，王彦章就到朱温军营里应募了。他性情豪迈磊落，一入军营就想做新兵的长官。为了获得新兵们的敬信，他当众赤脚在蒺藜地里走了好几圈。这件事传到朱温那里，获得了朱温的赞赏，被任命为亲军，不久又被提拔为亲军长官。王彦章感念朱温的知遇之恩，对他忠心耿耿，奋勇杀敌，屡立战功，累官至左龙骧军使、左监门卫上将军，加紫金光禄大夫、检校司空。

当时，晋王李存勖是后梁的主要对手，相互之间大小数百战，而李存勖只畏惧王彦章。朱温去世后，梁末帝朱友贞宠信赵岩等小人，老将大都遭受谗言而不被重用，王彦章也被疏远。等到魏博节度使杨师厚去世后，梁末帝打算趁机将魏博镇一分为二，来消除其对朝廷的威胁。他又怕魏博将士不听朝廷号令，就派时任澶州刺史的王彦章率领五百精兵坐镇魏州城。结果魏博军队果真哗变，王彦章镇压不住，不得不弃城南逃。晋王李存勖也趁机发兵攻占澶州，俘虏了王彦章全家老小。李存勖之前曾多次被王彦章击败，因此很欣赏王彦章，在抓到他的家人后好生优待，想要以此劝降王彦章。但王彦章对朱温、对梁国忠心耿耿，即便全家老小在李存勖手中也毫不动摇，几年后，没有指望的李存勖就把王彦章全家都杀了。

后梁龙德三年（923），晋王李存勖在魏州称帝，国号唐，史称后唐。与此同时，梁末帝任命王彦章为北面行营招讨使，命其由黄河南岸顺流而下攻取战略要地杨刘城（在今东阿北）。后唐军队见状，也派军由黄河北岸顺流而下增援杨刘城，两国军队各占一边，顺水行舟，每到河道狭窄处就要激战一番，等到达杨刘城时已经在黄河中激战百余场了。上岸之后，王彦章率军急攻杨刘城，好几次都快要拿下来了，但因后唐庄宗李存勖亲自率军来援，王彦章功亏一篑，无功而返。杨刘城之败，让王彦章受到小人的诬陷，被褫夺了兵权，手上只剩下了几百人。

这年十月，唐庄宗李存勖亲征中都（今山东汶上），大败梁军。乱军之中，王彦章被自己昔日的同僚夏鲁奇刺伤擒获。随后，被送到李存勖那里。李存勖问他："你曾经说我只不过是一个斗鸡小儿，现在你服了吗？"王彦章回答："这是因为大势已去，并不是我一个人的能力能够挽回的。"李存勖仍然想要王彦章归顺自己，亲自给他的伤口上药，又派人试探他的意思。王彦章却一心求死："我不过是个武夫，有幸被大梁皇帝赏识，任为封疆重臣，与您对抗了足足十五年之久，现在山穷水尽打了败仗，不过就是一死而已，就算您开恩让我苟活，我又有什么面目见人呢？我们为臣为将的，怎么能早晨还在侍奉大梁皇帝，晚上就去侍奉大唐皇帝呢？请您赐我一死！"李存勖仍不死心，命人用轿子抬着王彦章和他们一起行军。王彦章伤重难忍，又无心归顺，坚决求死，李存勖无计可施，只好把他杀掉了。

后来欧阳修写过一篇《王太师画像记碑》："公死已百年，至今俗犹以名其寺，童儿牧竖皆知王铁枪之为良将也。一枪之勇，同时岂无？而公独不朽者，岂其忠义之节使然欤？"对王彦章的品格给予了很高的评价。

8. 全德元老

王旦雅量荐寇准

北宋年间，为鼓励忠孝，宋仁宗赵祯亲手题写了一幅碑额，名之曰"全德元老之碑"。是什么人能够得到仁宗皇帝如此高的赞誉呢？此人便是宋初名臣王旦。王旦，字子明，大名莘县人（今聊城莘县），太平兴国五年（980）进士，后来深为宋真宗信赖，掌权十八载，为相十二年。说王旦十全十美，可能有些过誉了，但是观其生平廉洁奉公之举，也确实堪称高德。要说哪件事能体现王旦的高德，那必须讲讲王旦雅量荐寇准的事了。

寇准与王旦是同一年的进士，但他与王旦的关系并不好，这或许与景德三年（1006）寇准被排挤罢相后，接替他的是王旦有关。此后，寇准经常在宋真宗面前数落王旦的不是，但王旦却总是跟皇帝称赞寇准的才能。有一天，真宗对王旦说："你虽然经常称赞寇准，寇准却专门说你的坏话，你怎么看这件事呢？"王旦回答说："本来就应该这样啊，我在丞相位置上待久了，必然会有很多过失。寇准对陛下无所隐瞒，更能显示出他的忠诚刚直，这也是我看重寇准的原因。"宋真宗很欣赏王旦的回答，也更加看重他了。

大中祥符七年（1014），王旦在中书省任中书门下平章事，寇准在枢密院任枢密使。中书省起草的文件送到枢密院，有一些格

王旦墓（张克清摄）

式不合规，寇准发现后便上报给了皇帝，王旦因此受到了皇帝的批评，中书省的官吏也受到了惩罚。不久，枢密院送到中书省的文件也被发现有格式错误，中书省的官员很高兴，希望王旦报告皇帝，让皇帝责罚枢密院。但王旦看了以后，却直接让人把文件送还了枢密院，让寇准和枢密院免于皇帝的责备。寇准对此非常惭愧，见到王旦说："你与我是同年的进士，没想到你没有和我一般见识，真是宽宏大量啊！"

不久，寇准因为在皇帝面前与三司使争吵，被罢免枢密使之职。他曾托人向王旦求情，希望他向真宗推荐自己做宰相。王旦大惊失色，正色道："将相的重任，怎么可以私下索求呢？"这让寇准觉得非常遗憾。

天禧元年（1017），寇准再次担任中书门下平章事，进宫拜谢皇帝说："如果不是陛下了解我，重用我，我哪有今日啊？"没想到真宗对他说，是王旦临终前举荐他，才任命他为宰相的。原来，当时王旦病重，上表请求辞去宰相一职。宋真宗向他询问宰相的人选，王旦说："最了解臣子的莫若君主，请陛下自己选择合适的人。"真宗选了几个人，问王旦的意见，但王旦都没有回答。真宗见王旦不支持自己的选择，又问他："爱卿认为谁比较合适呢？"王旦这才回答说："臣以为这些人都不如寇准。"真宗为难地说："寇准的个性太过刚强固执，还有其他人选吗？"王旦说："其他人就不清楚了。"不久，王旦就因病去世了。从真宗那里得知事情的前因后果后，寇准十分惭愧，终于叹服。

9. 堂邑四知堂

清廉县令张养浩

张养浩（1269—1329），字希孟，济南人，元代著名散曲家。张养浩不只是著名散曲家，还是个直言敢谏的诤臣、清廉能干的循吏。张养浩的为官生涯是从大德九年出任堂邑县尹开始的，此后历官太子文学、监察御史、翰林待制、翰林直学士、右司都事、礼部侍郎、礼部尚书，直至参议中书省事。

从开始做官，张养浩就抱定了为民负责的态度，他担任堂邑县令后，将自己起居的县署内堂命名为四知堂，并且题诗警醒：

> 一县安危任不轻，初闻恩命喜愁并。
> 徒劳人尔岂吾意，何以报之惟此诚。

四知堂的典故源自东汉名臣杨震，杨震在出任东莱太守的时候路经昌邑，昌邑令王密曾得到过杨震的举荐，为报答举荐之恩，深夜抱着十斤金子去拜谒杨震，跟他说："现在夜里没人知道，您就收下吧。"杨震非常生气，拒不收受，严肃地说："天知、神知、我知、你知，怎么能说没人知道？"张养浩十分仰慕杨震的清廉，他使用四知堂的名号，也是要表明自己绝不贪污腐败，要做一个经得起历史检验的好县尹的决心。

他是这么想的，也是这么做的。虽然在堂邑只有短短三年，却做了很多改善民生的实事。他到任后，为了减轻民众负担，开展了大规模的毁淫祠行动。当时统治者信奉喇嘛教，"国家经费三分为率，僧居二焉"，上行下效，地方上情况更为严重，百姓则日羸月瘠，衣食无着。认识到这些问题，张养浩便在堂邑"首毁淫祠三十余所"，不仅减轻了财政支出和百姓负担，而且改良了社会风气。

随后，他平反了很多冤狱。此前，由于民众负担很重，不少破产民众不得不流而为贼，被官府逮捕，关入狱中。张养浩很同情这些苦难的饥民，就把他们从监狱中释放出来，并且公开宣布："他们都是良民，只是因为饥寒所迫，不得不流而为盗，现在已经得到了应有的惩罚，就不能再继续把他们当盗匪关押，断绝他们的自新之路了。"与此同时，张养浩还取消了出狱者每月初一、十五都必须到县衙听训的旧规，让他们有足够的时间从事生产。如此种种，让饥民们感恩戴德，相互诫勉："我们一定不要辜负张公的期望！"

对饥民有菩萨心肠的张养浩，对真正危害百姓的恶人则绝不手软。堂邑县有个叫李虎的，是当地一霸，他手上有人命，党羽众多，压榨百姓，弄得当地民不聊生。为什么这个李虎能够横行乡里呢？是因为地方官与恶霸相互勾结。张养浩说："李虎横行乡里，这是因为地方官员有意放纵，现在我来堂邑做官，决不会再纵容这些恶霸！"张养浩查清李虎等人的罪证，很快就将他们绳之以法。堂邑百姓纷纷拍手称快，乡里风气焕然一新。

张养浩秉持"四知"，体恤民生疾苦，在堂邑的三年里，尽自己最大的努力，让老百姓得以生息安乐，他的德政也在堂邑百姓中代代相传。

10. 一只陶碗辅三朝

清正廉洁的张本

张本（1366—1431），字致中，今东阿县铜城街道张大人集村人。他一生为官清廉，即使生活艰苦，也从不因公谋利，因先后辅佐明成祖、明仁宗、明宣宗等三位皇帝治理国家，对明初的稳定和强盛贡献了积极的力量。

永乐时，张本清贫的名声便广为人知，并因此被人叫作"穷张"，明成祖朱棣就很喜欢这个外号。有一天，明成祖朱棣宴请近臣，在每个人的桌上都放置了一套银制餐具，吃完就赏赐给他们，唯独在张本的桌上放的是一套陶制的餐具。就在大臣们疑惑不解的时候，朱棣笑着解释道："张本的外号是'穷张'，银器对他没有用处。"听到这里，张本明白皇帝早就知道自己清廉的品行，这是特意拿自己做榜样，于是赶紧俯身在地叩头，感谢皇帝的知遇之恩。

由于张本清廉能干，朱棣把很多重要任务都交给了他。永乐十九年（1421）朱棣着手准备北征蒙古，解决边患。兵马未动，粮草先行，张本便被朱棣委派在直隶、河南、山东、山西等地督造车辆船只的重任，第二年北征开始后，又命他督运粮草，他也很好地完成了后勤保障工作。

张本与当时还是太子的明仁宗朱高炽关系也很好，朱高炽曾经提拔张本，并让张本督理运河漕运。张本在任上不畏权贵，敢于打击豪强奸臣，保证了漕船畅行无阻，深受朱高炽的赏识。洪熙元年（1425），明仁宗朱高炽即位后，意欲迁都南京，为此任命张本为南京兵部尚书兼掌都察院事务，但明仁宗尚未来得及迁都就暴毙而亡。

宣德元年（1426），汉王朱高煦叛乱，张本跟随明宣宗朱瞻基出征乐安，负责调度军粮的后勤工作。在平定汉王之乱后，他又被朱瞻基留在武定（宣德元年改乐安州为武定州）抚缉余众，究查余党，处理善后事宜。张本尽职尽责地完成了任务，回到北京后，还将军政久弊，奸邪之人通过贿赂得以脱籍，而把平民拉来充实军伍的情况报告给了皇帝。

有一次，宣宗去昌平长陵祭祀永乐皇帝，路上看到了老农的辛苦，深受感触。他将见闻写成文章，发给各位大臣，动情地说道："百姓如此辛苦才能谋生，我们怎么能不爱惜民力呢？"受此触动，张本针对京畿一带民众养马负担极重的情况，建议将官马分牧于山东、河南和大名诸府，获得了宣宗同意，自此山东和河南也开始养官马，减轻了京畿地区军民的沉重负担。当时户部以官田租税减少，经费不足为由，请求减少京外官、生员和军士的俸禄。宣宗认为军士很艰辛，俸禄不能减少，遂把这一建议交给群臣讨论。张本等大臣认为减少俸禄于国家安定不利。宣宗听从了他的建议，并命张本兼掌户部，负责这项工作。张本还针对当时诸边粮食连年丰收，而京师一带粮食紧缺的状况，建议用丝麻布帛到诸边换取粮食。如此一来，多的时候能换谷三四十万石，少的时候也能换回十万石，库藏很快充实起来，诸边的物质生活也得到了改善。

宣德六年（1431），张本病逝，家中竟然拿不出银钱来安葬，《资善大夫兵部尚书兼太子宾客张公（本）志铭》记载："卒之日，家无余资，亦可观其平素矣。"这样清正廉洁的人品，实在让人们折服和赞叹啊。

11. 布衣诗侠

后七子之首谢榛

谢榛（1499—1579），字茂秦，自号四溟山人，临清人，明代后期著名的诗人和诗歌理论家，后七子之首。谢榛出身寒门，虽然聪慧绝伦，却因为小的时候右眼失明，形象不佳，断了科举之路，最终只能一生"布衣"。但在后七子里面，其他六人都是进士出身，谢榛又是怎么以"布衣"之身力压诸子，成为后七子之首的呢？一个文弱书生，又是怎么以仗义任侠的"诗侠"之名闻名天下的呢？这就要从谢榛仗义救卢柟的故事讲起了。

话说谢榛成长于运河名城临清，但他三十岁以后的交游却是以直隶和河南为中心的。嘉靖十三年（1534）西游彰德（今河南安阳），献诗于赵康王朱厚煜，成为赵王门客。几年后，他就移家安阳，十余年间遍游大河南北，交游名家，诗名大振。在此期间，便与浚县大才子卢柟有过交往。

嘉靖二十六年（1547），谢榛读到了卢柟的《幽鞠》《放招》二赋，才晓得卢柟已经深陷图圄七年之久。原来，这卢柟身怀大才，却也恃才傲物。有一次他与新任知县蒋宗鲁相约会面，但蒋宗鲁却迟到了很长时间，让卢楠非常生气，酒后失仪，得罪了蒋宗鲁。此后，卢楠便被蒋宗鲁记恨在心。后来，卢楠发现自己的雇工张呆偷盗麦子，便把张呆打了一顿，准备移交官府。没想到张呆竟然趁着夜雨逃跑了，躲到了一间废弃的房子里。大雨倾盆，房屋倒塌，把张呆砸死了。张呆之母到县衙状告卢楠殴打张呆致死，蒋宗鲁审案公报私仇，将卢楠屈打成招，以故意殴人致死罪论以死刑。后来都察院复议，认为判罚不合法，卢楠得以出狱。没想到嘉靖二十一年（1541）新巡按上任后，蒋宗鲁又屡次进言诽谤，再审卢楠案，重判死刑，关押于大名府监狱。俗话说"破家的县令，灭门的知府"，卢楠的家人遭遇更惨，父亲遭遇强盗洗劫而死，母亲伤心过度去世，两个儿子、一个女儿相继夭折，身在监牢的卢楠甚至没法见到儿女最后一面，可谓悲惨至极。在这样的逆境中，卢楠没有放弃申冤，他在狱中发奋，写成《幽鞠》《放招》二赋，抒发自己的悲愤之情。

谢榛读到《放招》后，击节赞叹，深为怜惜，任侠之意充满胸臆。他决定"匹马走京阿，絮泣诸贵人前"，想办法解救卢楠。谢榛到京城后，首先找了自己的诗文好友王世贞和李攀龙。此时的王世贞正好是主管刑狱案件审理的大理寺左丞，李攀龙则是主管案件审核的刑部广东清吏司主事。谢榛把卢楠的赋文拿给王世贞和李攀龙看，引得王李二人不断称好，却见谢榛泣不成声："可是，这赋的作者已经被判了死刑，他活着的时候你们不帮他平冤昭雪。等他死了，你们再像哀悼屈原、贾谊那样哀悼他也没有用了！"随后谢榛把卢柟的冤情讲给了王、李二人，王、李二人也深受震动，决心尽力帮助申冤。于是，三人一起在京城进行了漫长而艰难的活动。

日后的吏部尚书陆光祖是王世贞的同年，他听王世贞说过此案，并在次年秋选选中浚县县令。到任后，他马上给卢柟更换了供书。同时，谢榛的好友、日后官至兵部尚书的张佳胤担任了与浚县相邻的滑县县令。谢榛赶到滑县，向张佳胤申述了卢柟的情况。终于，在王世贞、李攀龙的活动下，刑部、大理寺等机构向河南方面提出了重审卢柟案的要求。于是，陆光祖和张佳胤组成联合审案组，同审卢柟案，将卢柟改判为三年劳役。三年后，嘉靖三十一年（1552）冬天，含冤入狱十多年的卢柟终于沉冤得雪，得以出狱。

谢榛以一介布衣行侠仗义，搭救朋友于囹圄之中，引起了朝野的轰动，人们将之视为虞卿、鲁仲连一类的义士，"士大夫争愿识之，河朔少年家传说矣"。在整个救援的过程中，原本就相互欣赏的王世贞、李攀龙等人与谢榛的关系更加密切，情谊更加深厚。不久他们便成立诗社，后来发展成为著名的"后七子"。名满天下又年岁最长的谢榛，虽然只是一介布衣，却能让众进士心服，成为七子之首。

12. 离任留犊

清廉县丞笪一顺

笪一顺，江西德兴人，生卒年代不详。万历十九年（1591）

到二十二年（1594）任阳谷县丞。他廉洁奉公，勤政爱民，虽仅数年，却深得百姓爱戴，在阳谷百姓心中立下永久丰碑。

万历十九年（1591），已逾花甲的笪一顺正在德兴家中省亲，突然接到调任命令，要他速赴山东阳谷县任县丞。这让笪一顺颇为犯愁。他家中清贫，既无马匹，更无车轿，一身老骨怎么前去数千里之外的阳谷呢？最终，他只能牵出家中的老母牛，套上有些陈旧的牛车，告别家人，以牛为伴，几经风雨，一路颠簸，最终抵达阳谷县城。

阳谷是水利要地，也是运河边的重镇。黄河每每发起洪水，都会冲击阳谷张秋。滔滔黄河水流过，无数百姓为此付出财产乃至生命代价。朝廷每年拨付大量银款用于防洪救灾，笪一顺上任后即接此重任，认真修缮阳谷水利。为让朝廷和百姓放心，他立下规矩，把朝廷的款项往来及每笔花销全部张贴告示，一一公示于众。

他非常体恤老百姓的疾苦，虽然自己也是六十多岁的老人，还经常到水利建设工地与百姓一起搬运砖石，开挖河渠，经常累倒在工地。大家劝他休息，他对百姓们说："大家都在这里住，就是一家人，应该有难同当，有福同享。"有一年，阳谷大旱，农作物绝产，百姓生活十分艰难。他卖掉自己所有家当，买粮分给百姓。当地商人、士绅也争相效仿，纷纷捐资购粮，赈济灾民。渡过难关的百姓对他感激不尽，纷纷下跪感恩，他却谦逊有加："都是一家人，何须分你我，身为地方官，这些都是我应该做的。"

万历二十二年（1594），笪一顺任满返乡，与他同行的还是那头老母牛和那辆旧牛车。与来时不同的是，老牛的身旁多了一头小牛犊。阳谷百姓感念其恩，俱来相送，恋恋不舍。他对百姓说："我也舍不得离开大家。可我老了，叶落要归根，我也要回我自己的老家去。"并令仆人把小牛犊的缰绳递到百姓手中，"小牛犊是吃阳谷草长大的，应该是阳谷的财产，我不能据为私有，就把它留在这里，等它长大给大家耕田吧。"遂坐上牛车，缓缓驶离阳谷。

阳谷县的老百姓们感念笪一顺的恩德，在阳谷东门重修博济桥时，就把笪一顺离任留犊的场景雕刻在了桥侧栏杆上，名曰"石牛流芳"。后来还有人吟诗怀念他："已驾牛车子母分，犊鸣悲切不堪闻。石桥遗迹今犹在，耆老指谈如见君。"笪一顺的清廉与德政深深刻在阳谷百姓的心中。

13. 状元归去驴如飞

顺治帝与傅以渐逸事

傅以渐（1609—1665），字于磐，号星岩，山东东昌人，顺治三年（1646）一甲第一名进士，累官武英殿大学士兼兵部尚书，深受顺治帝器重。

傅以渐家境贫寒，但读书刻苦，每日都要燃灯夜读。但家里穷，没钱买灯油，就到玉皇皋大殿里读书。后来，李自成派大军进攻聊城，居民惊恐万状，只有傅以渐置若罔闻，照样闭门读书。有人对他说："你怎么还在读书呢？赶快逃命吧！"他却平静地回答："要是真的有天子出现，也一定要用读书人的。我们不读书，将来能做什么呢？"又有人问他："生死就在眼前，读书还有什么用？"他笑着回答："读书是我的本分。倘若侥幸不死，国家必然会重用读书人。"傅以渐就是这样勤奋苦读，二十年如一日，最后终成大器。他在顺治二年（1645）乡试考中举人，又在次年赴京会试考中贡生，随后参加殿试，一举夺得一甲第一名进士，成为清代的第一个状元。

中状元后，傅以渐被留在北京，长期在国史院和秘书院任职，深受顺治皇帝的器重。顺治帝与傅以渐关系融洽，他们的情谊超出了君与臣的范畴。傅以渐身居高位，但他并非出门一定骑马坐轿，也不常穿丝绸皮衣，而是有自己的生活情趣和行为规范，时时以"清勤"自勉。傅以渐不惯于骑马，常常乘一小黑驴，有时独自骑驴，有时令二仆牵缰。有一次，顺治帝率领众臣去南苑狩猎，行围结束后，重臣各归营帐。状元郎傅以渐身为文官，不习骑术，所以仍旧骑驴而返。顺治帝站在高岗上远远望去，只见数十名大臣骑着高头大马，威风凛凛。而傅以渐则骑着一头毛驴，歪歪斜斜地落在最后，两相对比之下，甚是有趣。年轻的顺治皇帝触景生情，灵机一动，画意大发，几笔就勾勒出了一幅夕阳下旷野里一人策驴归来的水墨画。画完之后，顺治帝还在上面戏题"状元归去驴如飞"七字，并让人用古色古香的绫缎装裱起来，赐给傅以渐。据说，傅以渐受此刺激，发奋向上，勤习武事，后来做到兵部尚书，成了一位文武兼备的名臣。

由于积劳成疾，傅以渐患上了咳血的毛病，顺治十三年（1656），傅以渐乞求告老还乡，顺治帝不允，并温言挽留道：

"爱卿是辅佐朕治理国家的重臣，淳诚朴实，勤劳谨慎，怎么能引退呢？您应该抒展宏图谋略，辅佐朕教化人民，治理好国家。"顺治十五年，傅以渐因为葬亲请假还乡，并告病假。顺治十八年正月，顺治帝驾崩，在聊城养病的傅以渐听说后，从床上掉了下来，失声痛哭，吐了很多血，因悲伤过度昏迷了三天，苏醒后立即带病赴京奔丧。他与顺治帝感情的深厚由此可见一斑。

14. 行乞兴学

千古奇丐武训

武训（1838—1896），聊城堂邑人。他本来没有名字，因为排行第七，人们称他为武七。武七的人生十分悲惨，从小就失去了父亲，母亲带着他四处讨饭为生。武训在讨饭的时候，看到村童上学，心里非常羡慕。他到学房里请求先生让他读书，却被先生打了出来。武训哭着问母亲："我为什么不能上学呢？"母亲含着泪说："我们穷得没饭吃，哪有钱供你上学呢？傻孩子！"能够跟母亲相依为命的时间也是短暂的，在他七岁的时候，母亲就过世了，此后的武七就如没根的浮萍一般飘摇，独自承受人生风雨的打击。

武七先后在张举人家和姨丈家打工，但在他支取工钱的时候，张举人和姨丈却都欺负他愚昧不识字，拿了假账本来欺骗他，说："你的工钱早已支完了，这不是账吗！"武七据理力争，却被打得头破血流。他积愤成病，悲戚地想："我为什么受人欺负呢？就是因为不念书不识字。我为什么不念书呢？是因为家里穷。我这个年纪，再念书是来不及了。可是天下的穷孩子都念不起书，将来都要受人欺侮，真是可怜！我应该想办法让他们念书！"武七苦苦思索数日，终于大悟，决定要兴办义学。可是办学需要很多的钱，自己这么穷，上哪里弄钱去？扛活打工靠不住，讨钱虽然有限，但还是能够积少成多的。确定了这个宏大的计划后，他的病马上就好了。他快乐地狂歌起来："扛活受人欺，不如讨饭随自己。别看我讨饭，早晚修个义学院！"

　　为了能够让穷人家的孩子都能读上书，他开始了异常艰苦的乞讨生涯。他把讨来的钱一点一滴地积攒起来，等攒够了一定的数目，就寄存到一位叫杨树坊的善人家里。就这样，他一讨饭就是三十年，其间历经的艰难屈辱难以言说，但他坚持了下来，用这三十年积攒的铜钱买了二百三十多亩地。这么多的地，在堂邑已经算是不小的地主了，但他还是穿着破烂的衣服，继续讨饭攒钱，晚上就在自己家里织布，也是为了攒钱。有人见他老实能干，就给他提亲，劝他娶个媳妇，他为了攒钱修义学，一点也顾不上自己，就婉言谢绝了。

　　又攒了几年，他的钱终于够盖一所小学堂的了，他就拿出积攒的四千多两银子，在自己的家乡柳林庄办起了第一所义学。他这所义学是专收穷人子弟的免费学校，他还把自己的全部土地都捐给了这所学校，作为学校的财产和经费的来源。开学那一天，他先拜先生，后拜学生，然后设宴款待先生。他不吃饭，毕恭毕敬地侍立在门外，等先生吃完了，才去吃剩下的饭菜。

武训塑像（冠县文化和旅游局供图）

他经常到学校去看看，如果遇到先生睡午觉，或者学生玩耍不学习，就默默地跪在旁边，先生和学生看到后都很羞愧，都认真地上课学习。

办起这所义学后，武七并没有志得意满，他仍然继续乞讨，想要兴办更多的义学。有一次，武七讨饭到了馆陶，遇到了一位叫了证的僧人，这个僧人也想在鸦庄办一所学校。武训感觉遇到了知己，他不心疼自己的钱来得多么不易，慷慨地赠给了了证几百缗钱，帮助他建成了这所学校。又经过漫长的乞讨，武七终于又攒了一千多两银子，在临清建了一所学堂。这时，官府也表彰了他的勤勉，还赠给他一个名字叫武训，他建起的两所小学也都以他的名字命名。

武训终身未娶，经常拿钱出来周济穷人，却不会声张这些事情。光绪二十二年（1896），他得了重病，生命垂危。他让人把他的病床抬到教室外面，听着学生们的读书声微笑着离开了人世。

15. 创建史语所

学贯中西的大家傅斯年

傅斯年（1896—1950），字孟真，山东聊城人，著名历史学家、古典文学研究专家、教育家、学术领导人。傅斯年的壮举很多，他在北京大学时就组织新潮社，创办《新潮》月刊，提倡新文化，五四运动爆发时担任学生游行队伍总指挥，后来又先后担任北京大学代理校长和台湾大学校长，保护和整理了大批内阁大库档案，推动开展了大规模的殷墟考古发掘工作。他积极投身抗日救亡运动，疾恶如仇，不畏权贵，炮轰孔祥熙。但在他整个人生中，花费最多心血的无疑是历史语言研究所的创建和发展。

1926年，傅斯年自欧洲留学归国，次年担任中山大学教授、代理文学院院长，兼任历史系、中文系主任。傅斯年到任后，为中山大学延聘了顾颉刚、罗常培、丁山和董作宾等一批知名学者，他还在1927年3月提议创办中山大学语言历史学研究所，以便进一步发展文史学科及培养人才。该年11月，中央研究院筹备委员会成立，受院长蔡元培之邀，傅斯年成为三十个筹备委员之一。

从当时中央研究院设置的下属研究机构来看，它最初的研究方向偏重于自然科学方面。傅斯年认为现代的历史学、语言学同样使用科学的研究方法，可以像生物学、地质学一样建设成为一门科学。1928年1月，他极力向蔡元培陈述历史学、语言学两门学科的重要性，建议在中央研究院中设立历史语言研究所（简称史语所）。3月，大学院批准了傅斯年的提议，并聘请傅斯年、顾颉刚、杨振声为史语所常务筹备委员。这一年夏天，傅斯年辞去了中山大学教职，专门从事筹建史语所的工作。9月，傅斯年就任史语所所长，10月，史语所宣告正式成立。自此，直到去世，傅斯年担任史语所所长长达二十二年，可谓半生心血都贡献在了史语所的发展上。

史语所成立伊始，设有史料、汉语、文籍考订、民间文艺、汉字、考古、人类学及民物学、敦煌材料研究等八组，聘请名噪一时的国学大师担任负责人。1929年3月，史语所迁到北海静心斋后，把原来的八个组合并为三个组：第一组以研究史学问题及文籍校订为主要工作，附有明清史料整理，即历史组，由陈寅恪担任组长；第二组以研究汉语、中国境内其他语言及实验语音学为工作范围，附有语音实验室，即语言组，由赵元任担任组长；第三组以发掘方法研究中国史前史及上古史为主要工作，兼及后代之考古学，即考古组，由李济担任组长。后又增添了人类学组，即第四组，由史禄国负责，以研究中国民族学为工作，附有标本陈列室。

在傅斯年和众多学者的努力下，史语所成了民国时期历史、语言研究的最高学术机构，取得了举世瞩目的成就，一方面，积累了丰富的学术资料。遵照傅斯年提出的"扩张研究的材料"的宗旨，史语所的学者们努力搜求整理新材料，地下挖掘的甲骨、金石、竹木、陶瓷的文字刻辞及实物，古庙宇、雕塑绘画、其他古建筑，少数民族的语言、文字、民物、方言、方志、档案、笔记、宗教典籍、群经旧籍等等，统统被当作研究资料予以收集整理，为历史学、语言学和其他科学积累了丰富的研究资料。另一方面，开拓了广泛的学术领域。史语所的学者们致力于使用新工具、新方法研究新材料，破除了千百年来从文献到文献的传统学术研究方法，开辟了甲骨学、简牍学、古器物学、古人类学、文化人类学、民族学、语言学、语音学等学科和研究领域，促进了中国学术事业的繁荣和发展。

史语所的成功，是经由许多学者协力实现的，也与傅斯年的领导有方密不可分。傅斯年用尽毕生精力操持史语所，直至1950年12月20日逝世，可以说史语所是傅斯年呕心沥血打造的学术名片，是他作为一名历史学家和学术领袖为后世留下的学术瑰宝。

（三）英雄风采

1. 喋血三一八的聊城青年

革命烈士张梦庚

1926年3月18日，为反对帝国主义国家向北京段祺瑞政府提出的撤除大沽炮台守军及防御工事的侵略行径，中共北方区委、共青团北方区委、北京地委联合国民党北京特别市党部、北京学生联合会等组织，发动二百多个团队、学校，在天安门举行"反对八国最后通牒国民大会"。会后，集会群众结队前往段祺瑞政府请愿，要求当局立即驳复八国通牒。当游行队伍行进到铁狮子胡同段祺瑞政府门前时，遭到当局的血腥镇压。预先埋伏的军警向游行示威的人群开枪射击，并用刺刀、马刀砍杀手无寸铁的群众，打死四十七人，打伤二百余人，制造了震惊中外的三一八惨案。

鲁迅惊闻噩耗后，悲愤万分，直笔痛诉："三月十八日，民国以来最黑暗的一天。"十多天后，悲痛未纾的鲁迅又写下了著名的《纪念刘和珍君》，痛悼为国牺牲的进步青年。鲜为人知的是，遇害的四十七人中，有一位来自冠县的青年，他叫张梦庚，牺牲的时候才十七岁。

张梦庚烈士画像（刘书军绘）

张梦庚，字效白，1909年出生于山东冠县。张梦庚自幼崇文尚武，聪明好学，既博览群书，又练得一身好功夫。他受到新文化运动的影响，阅读了大量进步书籍，逐步看清了北洋军阀黑暗统治的本质，萌生了救国救民的思想。他十五岁的时候就远离家乡，到北平大同中学读书，由于性格豪爽、处事果断，且才能出众，他很快成为进步学生中的领袖，被推选为大同中学学生自治会主席。在校期间，他就对军阀统治感到十分不满。孙中山到北平时，他还亲聆了这位革命先行者的演讲，产生了革命思想。据他的学弟陈志远回忆，有一次，他在孙中山先生周年纪念大会上，对陈志远说："孙先生一生与帝国主义战，与清室战，与军阀战，四十余年的精神，均努力于国民革命之中。现在他死了，是为民众利益而死的。为民众利益而死，虽死犹生！"

在大同中学读书期间，张梦庚经常与革命先驱李大钊等人接触，受其影响，于1925年加入了中国共产党，是最早加入中国共产党的聊城人之一。后来，在国共两党合作的背景下，他又以个人身份加入中国国民党。1926年，在三一八惨案发生前，张梦庚曾向执政府上书，痛斥八国列强干涉中国内政的行径，呼吁执政府勿向列强屈服。在游行中，张梦庚和刘和珍、杨德群等人走在队伍的最前列。在段祺瑞政府门前，张梦庚被军警射击，身中数弹，当场牺牲，为中国的独立与民主事业献出了自己年轻的生命。

正如鲁迅先生讲的那样，张梦庚是为了中国而死的中国青年。他和其他为中国而死的中国青年一起，用自己年轻的生命给苟活者以希望，给真正的猛士以激励，激励他们奋然前行！

2. 威震山东的农民暴动

坡里暴动与杨耕心、王寅生

20 世纪 20 年代的阳谷县，阶级矛盾尤其是教民矛盾极为尖锐。位于聊城、阳谷、莘县三县交界地带的坡里村，是天主教鲁西北教区主教所在地。德国神父控制的坡里教堂，是当地最大的地主。在天灾人祸的年景下，教堂不但不赈济贫民，反而囤积粮食，盘剥群众，更有大量土豪劣绅投靠洋人，为虎作伥，欺压百姓。

1926 年，年轻的杨耕心还在山东大学附属中学读书，他在王寅生的介绍下，加入了中国共产党。随后便返回阳谷，在家乡九都杨建立了聊城第一个党支部。建立党支部后，杨耕心便深入坡里附近的郭店屯、九都杨一带贫困农民集中区，宣传共产主义思想，提高农民政治觉悟，还提出了打倒帝国主义、拆毁教堂、打土豪分田地等革命口号。当时，在阳谷韩庄一带还活跃着一支由韩建德领导的绿林武装，他们专门打击土豪劣绅，救济贫苦农民。为了争取这支颇有正义感的武装力量，杨耕心积极与之建立联系，阐明共产党的政治主张。韩建德在了解了共产党后，也决意要跟着共产党干一番事业。

1927 年大革命失败后，中央临时政治局出现"左"倾盲动倾向，中共山东省委也坚决执行"无动不暴"的"左"的方针。1928 年 1 月 14 日，根据中共山东省委的指示，中共东昌县委决定在坡里举行武装暴动。当晚聂子政、韩建德率领起义军百余人，手持标枪、腰刀和棍棒，利用教堂晚上做祈祷时教徒可以自由出入的有利时机，一举攻占了坡里教堂。他们将二三百人的护院、打手、教

坡里教堂（吕绪灿摄）

徒等集中控制起来，共缴获长短枪四五十支、子弹万余发、银圆二万七千元、粮食数千石以及其他大批物资。

次日，东昌县委书记张干民、鲁西县委委员王寅生和党员杨耕心迅速赶到坡里，成立了东临地区工农革命委员会，组建了以韩建德为总司令的领导机构，聂子政则代表党组织处理军中事务。他们发布《告民众书》，揭露军阀的黑暗统治，阐明暴动的政治目的，同时开仓放粮救济百姓。在教堂欺压下苦不堪言的老百姓，甚至远在莘县、聊城等地的贫苦农民，闻讯后都纷纷拿起红缨枪加入起义队伍，起义军扩大到了近千人的规模。

轰轰烈烈的坡里暴动震惊了反动统治阶级，1月18日，东昌道尹陆春元抽调鲁西各县所有军警和民团四五千人，团团包围了坡里教堂。起义军奋勇反击，不但突破了包围圈，还重新占领了九都杨村，瓦解了地主武装，缴获了大批武器和银圆。但由于反动势力过于强大，起义部队逐渐陷入了内外隔绝、孤军作战的境地。在坚持了十天后，山东督办张宗昌调来了一个装备了迫击炮的守备旅，配合陆春元的十二县地方保卫团，又

将起义军团团包围。

在元宵节那天粉碎了敌人的最后一次攻击后，起义军领导认为继续坚守下去形势不利，决定携着胜利的余威立即转移。第二天夜里，起义军携主教、神父等撤往冠县方向，途中遭到了冠县民团和堂邑柳林团的袭击，被迫转向河北地区的时候，又在大名府遭到了直隶军务督办褚玉璞的堵截。在敌人的前后夹击之下，起义军不得不转入分散的地下活动，王寅生、赵以政先后被捕，壮烈牺牲，轰轰烈烈的坡里暴动最终失败了。

坡里暴动是土地革命时期山东省最早成功发动起来的一次暴动，在鲁西大地播下了革命的火种。暴动失败以后，中共山东省委特派马守愚到聊城整顿党组织，总结教训，使革命工作继续发展。为了加强对鲁西工作的领导，中共山东省委于同年在鲁西组建特委，将聊城的革命活动推进到一个新的阶段。

3. 一刻不能没有党

赵健民千里寻找党组织

1933 年 7 月，中共山东临时省委组织部部长宋鸣时叛变投敌，济南顿时陷入可怕的白色恐怖之中，省委书记张北华、省委组织干部田海山、中央局代表蔡泽民……三百多名党员、团员和积极分子先后被捕，山东党组织遭到致命打击，临时省委完全瘫痪，全省许多市、县党组织解体，剩下的也失去了统一的领导，与中央的联系也完全中断。面对国民党反动派的血腥镇压，幸存下来的共产党员有的叛变，有的消沉，有的与组织脱离了关系，但济南山东省立第一乡村师范学校以赵健民为代表的七八位青年学生党员和新城兵工厂七八位工人党员仍在不屈不挠地坚持斗争。

赵健民（1912—2012），山东冠县赵梁堂村人，1932年考入济南山东省立第一乡村师范，同年加入中国共产党。在临时省委被摧毁的危难关

赵健民同志（安文龙摄）

头，年仅二十一岁的赵健民挺身而出。他联合同校的党员姚仲明、王文轩，自觉地承担起省立第一乡师党支部的领导工作。他们根据当时的情况，确立了三大任务：第一，积极、慎重地恢复党组织、发展新党员；第二，根据客观形势，独立地开展革命斗争；第三，千方百计与上级党组织取得联系。

此后，省立第一乡师党支部首先从本校开始发展新党员。从1933年下半年到1935年间，共发展党员二十多名。接着，他们以学校本身和新城兵工厂为基地，在全市恢复、发展了九个党支部七十余名党员。其间，赵健民还曾回到冠县、寿张、阳谷、堂邑和聊城建设党支部。为适应斗争形势的需要，加强统一领导，1934年5月初，赵健民与中共新城兵工厂支部委员陈太平等人，在济南市北郊的五柳闸开会，决定组建中共济南市委，赵健民任书记，从此，济南市又有了统一的中共组织。该年初冬，赵健民前往莱芜，在与莱芜党组织负责人刘仲莹等

会面后，决定建立全省党的领导机关，名称定为"中共山东省工作委员会"，刘仲莹任书记，赵健民任组织部长。1935年，赵健民还在堂邑主持重建了中共鲁西特委。

在恢复党的组织的同时，赵健民等人一刻也没有停歇地寻找上级党组织，为此他三去上海、两去泰安、两去北平，但都是满怀希望地去，满怀失望地归，一直没有找到上级党组织。1935年，赵健民委托同学郭崇豪回冠县打听党组织的消息。9月开学后，郭崇豪告诉赵健民，濮县古云的党组织有上级的消息，是从濮阳发展过来的。赵健民听说后十分高兴，立刻骑着一辆破旧的自行车，冒着蒙蒙细雨，沿着黄河大堤日夜兼程，一路骑行五百多里，风尘仆仆地赶到了古云集，见到了濮县县委书记王士希，随后又见到了直南特委巡视员、濮阳中心县委书记刘晏春。赵健民说明来意，要求直南特委转告北方局，派人来山东恢复党的组织关系。临别的时候，他们约定好以后的联络暗语"老掌柜"。

一个月后，赵健民终于在济南收到了王士希的来信，信上写道："老掌柜已到，请速来洽谈一笔生意。"赵健民见此无比激动，他再次骑上那辆破旧的自行车，沿着黄河大堤直奔古云集徐庄，在徐庄见到了渴望已久的"老掌柜"中共河北省委代表、直南特委书记黎玉同志。两位同志虽是第一次见面，却好似老友，两双手紧紧地握在一起，久久不愿松开。赵健民如同一个在外漂泊多年、饱经风霜的游子，终于回到温暖的家园，迫不及待地向家人诉说不幸遭遇，倾诉离别之情。春节前夕，黎玉回到直南特委，将赵健民的报告和要求转交给了北方局，希望重建中共山东省委。1936年5月1日，黎玉与赵健民等人在济南四里山下宣布成立中共山东省委。正是由于赵健民的不懈努力，山东党组织才与中央接上了关系，才有了中共山东省委的重建。中共山东省委正式恢复后，山东的党员、党组织终于又重新回到了党的怀抱。在党中央的领导下，中共山东省委发动了遍布全省的武装起义，无论是在泰山脚下，还是黄河两岸，革命运动遍地开花。

4. 聊城保卫战

范筑先喋血光岳楼

1937年7月，七七事变后，日本帝国主义悍然发动了全面侵华战争，中华民族到了生死存亡的危急关头。9月底，日军第十师团沿津浦线南犯山东，国民党第三集团军总司令、山东省政府主席韩复榘率部在德州抵抗一个月后损失惨重，为保存实力，且战且退，沿路县城相继沦陷。时任山东省第六区行政督察专员、保安司令兼聊城县县长的范筑先劝韩复榘坚守城池阻击日军，韩复榘却不思固守，妄想以黄河为天堑，于10月27日下令鲁西北各部放弃城池，退守黄河以南。

范筑先收到了韩复榘命令后，无奈之下，把聊城县长一职交由政训处长、共产党员张维翰代理，并将部分枪支弹药发给政训处的青年们，要他们留守聊城，自己则率部撤到齐河官庄黄河北岸等待渡河。就在这危急关头，共产党员姚第鸿、史钦琛等人反复劝说他拒绝韩复榘的南撤命令。感受到共产党坚定的抗战决心，范筑先召开部署会议，经过激烈的讨论，决心返回聊城。他说："大敌当前，我们守土有责，不抵抗就撤走，何颜以对全国父老？愿随我回去的就留下，不愿回去的就渡河南下，绝不勉强！"随即，他亲自给韩复榘打电话，表示了回聊城抗战的决心。

11月初，国民党第二十九军反攻石家庄失败后，于14日经聊城向黄河南岸退却，日军跟踪侵入鲁西北，临清、高唐等城市相继失陷，鲁西北形势危急。韩复榘再次命令范筑先迅速撤退到黄河以南，他还劝范筑先说："黄河以北再也没有中国军队了，你如果现在不撤，以后就撤不了了。"但这时的范筑先已经认清了国民党军队软弱的面貌，意识到依靠国民党坚持敌后抗战是不可能的，他果断地拒绝了韩复榘的命令，并向全国发出通电：

> 慨自倭奴入寇，陷我华北，铁蹄所到，版图易色。现我大军南渡，黄河以北，坐待沉沦。哀我民众，胥陷水火，午夜彷徨，泣血椎心。职忝督是区，守土有责，裂眦北视，决不南渡！誓率我游击健儿及武装民众，以与倭奴相周旋。成败利钝，在所不计，鞠躬尽瘁，亦所不惜。惟望饷项械弹，时与接济。俾能抗战到底，全其愚忠。引领南望，不胜翘企。

一封通电，忠勇惊天地，义烈泣鬼神，全国大报同时刊登，天下士民莫不振奋。范筑先在鲁西北勇敢地竖起了"鲁西北抗日游击司令部"的抗日旗帜，和共产党人进行了密切的团结合作，共同开辟和发展了鲁西北抗日的大好局面。他接收中共中央军政干部四十余名，建立各县抗日政权，出版抗日救亡报刊，还派三名子女赴延安学习深造。在聊城党组织的协助下，他收编各种抗日民众武装，发展到三十五个支队、三路民军共

范筑先将军

六万人左右。他亲自给部队做抗日动员："国家兴亡，匹夫有责。大家要效法历史上的民族英雄，力挽狂澜，救民水火，要誓死守土，抗战到底！不论何党何派，抗战者一律欢迎！不抗战者，即我亲兄弟亦所不容！"他率军作战，奋勇当先，相继发动战斗八十余次，收复失地三十余县，威势震撼周边四省。华北日军伪军，莫不闻风丧胆，而又恨之入骨。

1938年11月13日，日军调集两个联队从济南出发，进犯聊城。14日，将范筑先所部六七百人包围在聊城。范筑先率部多次击退日军的进攻，但寡不敌众，西门被破，西大街展开巷战。部下劝范筑先从北门突围，但范筑先大声喊道："我不能亲眼看着这聊城落到敌人的手中！"仍在城墙上坚持作战。15日，日军在飞机、大炮的配合下猛攻东门，范筑先左臂被炮弹炸伤，他裹伤再战，顽强地指挥部队狙击日军。上午9时，东门被破，范筑先转战至光岳楼，展开激烈的巷战，最终身受重伤，弹尽粮绝。他不甘被俘，举枪自戕，壮烈牺牲。聊城保

卫战一役，共有包括范筑先和共产党员张郁光、姚第鸿在内的七百余守城将士壮烈殉国。

毛泽东获悉范筑先殉国的噩耗，黯然神伤，为中共失去这位杰出的同盟者扼腕叹息。朱德为范将军写了挽联："战事方酣，忍看多士丧之，惟其忠勇；吾辈尚存，誓必长期抗战，还我河山！"中共中央机关报《解放》周刊发表《哀悼民族英雄——范筑先先生》的时评：范筑先的牺牲，"是山东同胞一个极大的损失，是全国抗战一个极大的损失。我们中共党人对这位忠勇卫国、仁至义尽、真正堪称'民之父母'的民族老英雄之死，敬致极其深切的哀悼！"

范筑先英勇抗日，慷慨捐躯，充分显示了其爱国御侮、坚决抗战、不怕牺牲的民族精神。在聊城古城内，专门建有范筑先烈士纪念馆，永远纪念范筑先将军抗日业绩与崇高精神。2014年9月，范筑先被列入民政部公布的第一批著名抗日英烈和英雄群体名录。

5. 血战耿楼

捐躯鲁西的抗日英烈史钦琛

史钦琛（1913—1940），原名序书，河北成安人，1935年加入中国共产党，七七事变后被党组织派到聊城范筑先部工作，韩复榘下令南撤时，强烈请求范筑先坚守聊城，使范筑先坚定了守土抗战的决心。1938年，史钦琛任共产党直接掌握的抗日武装山东省第六区游击司令部第十支队的组织科长，后为政治部主任。1938年11月15日，聊城失陷，范筑先将军殉国，鲁西北再度出现混乱局面。27日，国民党顽军王金祥窃取第六区专员、保安司令职位，收容范筑先旧部，盘踞朝城、阳谷、观城、莘县一带，与我为敌。原范筑先旧部第三支队司令齐子修也乘机收容第四、十九、二十九等支队，占据寿张一带。

耿楼战斗烈士纪念碑（张克清摄）

面对这样的形势，第十支队召开了有两千余人参加的大会，史钦琛作了慷慨激昂的发言："我们必须化悲痛为力量，悲观、失望、动摇都无用，我们担负着持久战的大业，局部的失败，不仅现在有，将来也会有，中国人民最后必将战胜日本帝国主义，没有任何人能阻挡我们，有鲁西北人民做我们的后盾，我们要团结群众，克服困难，坚持持久战。"这次大会对稳定部队情绪，坚定胜利信心，进而创建党领导下的鲁西北抗日根据地，起到了重大作用。

1939年5月，史钦琛担任筑先纵队政治部主任。1940年5月，筑先纵队和八路军第一二九师先遣抗日游击纵队合编为一二九师新八旅，史钦琛任二十二团政治委员。6月，日伪军纠集步兵、骑兵、炮兵三千余人，配备坦克十余辆，对鲁西北地区进行疯狂"扫荡"。史钦琛率领二十二团二营指战员在莘县西部耿楼一带坚持反"扫荡"，在敌众我寡的情况下，巧妙地与敌人周旋。他们白天打敌人侧翼，夜间袭扰敌人营地，搅得敌人日夜不得安宁。

6月25日拂晓，史钦琛带领部队到达耿楼，正准备修建工事，敌人突然从南面向耿楼扑来。等到哨兵发觉时，村东、村西已经被围，村北也被火力封锁。在这万分紧急的情况下，史钦琛沉着地指挥应战，他命令六连、八连分别阻击南面和西面的敌人，自己亲自带领七连冲击东面敌人，吸引敌人火力，掩护团部和营部直属部队及勤杂人员向北转移。史钦琛站在战士们中间，高声鼓舞大家："今天我们要坚决将敌人打退！在前线牺牲是光荣的！"在他的带领下，全体指战员毫不畏缩，打退了敌人的数次进攻，掩护大部队从西北角撤离。敌人见东面难以突破，加强了对南面、西面的攻势，六连、八连渐感不支，阵地被攻破。战士们和敌人展开了激烈的巷战、院落战，史钦琛不幸陷入敌人的重重包围之中，身中数弹，英勇牺牲，年仅二十七岁，一同殉难的还有一百二十七名指战员。事后这一百二十八名烈士埋葬于耿楼东头大庙后墓地，至今群众仍在歌颂他们的壮烈事迹，传播着他们的英勇名字。2015年8月，史钦琛被列入民政部公布的第二批六百名著名抗日英烈和英雄群体名录；2020年9月，耿楼战斗一百二十八名烈士被选入第三批著名抗日英烈、英雄群体名录。

6. 尽忠报国

张自忠血洒沙场

张自忠（1891—1940），字荩臣，后改荩忱，山东临清人，著名抗日将领、民族英雄。

1937年7月7日，七七事变爆发，国民革命军第二十九军为保卫北平，与日军激战。28日，副军长佟麟阁、一三二师师长赵登禹壮烈牺牲，北平即将被围困。为了保存有生力量，第二十九军军长宋哲元奉蒋介石电令，率领残部南撤保定。在撤离前，宋哲元委派三十八师师长张自忠代理冀察政务委员会委员长、冀察绥靖公署主任兼北平市市长职务。次日，北平沦陷。

南下后的张自忠回到五十九军（前三十八师扩编而成），热泪盈眶地对手下众将说："蒙各位成全，恩同再造，我张某有生之年，当以热血生命报国家、报知遇。"张自忠说到做到，淮北克敌，他首战立功；临沂苦战，他不计前嫌，毅然帮庞炳勋解围，重创板垣师团，不但令板垣征四郎震惊，令往日仇敌庞炳勋叹服，更为台儿庄大捷奠定了胜局。临沂一战，张自忠名扬天下。国民政府军事委员会任命他为第二十七军团司令。张自忠没有止步，他不断亲临前线，战场上屡立奇功。徐州、武汉、襄东、枣宜，凡是战火最炽烈的地方，都留下了他的身影。凡是他参加的战斗，都能够奏响胜利的鼓乐声。两年间，他转战南北，屡胜强敌，已经在国人心目中奠定了民族英雄、抗日名将的地位。

张自忠将军

1940 年 5 月，在枣宜会战中，张自忠率第七十四师等部两千多人由宜城渡襄河，截击南逃日军。他一路奋勇进攻，将日军第十三师拦腰斩断。日军随后以优势兵力对张自忠部包围夹攻。张自忠毫不畏缩，指挥军队向人数比他们多一倍的敌人冲杀十余次，杀得敌人伤亡惨重。5 月 7 日，日军集结重兵南下时，蒋介石却被假情报迷惑，错误判断形势，下令第五战区同时围歼南北两路日军。张自忠所部只有五个师两万余人，兵力不及敌军一半，但军人以服从命令为天职，他还是根据自身情况做好了部署。然而不幸的是，他的电报被日军截获破译，他的部署被日军掌握了。日军调集两个师团、四个大队奔袭而来。15 日，张自忠所部一千五百人被近六千名日寇包围在宜城沟沿里村，敌我力量极为悬殊，战斗异常惨烈，张自忠被炮火炸伤右腿仍然坚守阵地。16 日，张自忠一直在疾呼督战，他左臂中弹，仍然坚持指挥，到下午两点，一千五百多人只剩下数百人了。他将自己的卫队全调到前方支援，自己却被大群日本兵包围，他头部中弹却依然没有倒下，直到日本兵疯狂地用刺刀刺向他伟岸的身躯。

蒋介石惊闻张自忠殉国，立即下令第五战区不惜一切代价夺回张自忠遗骸。一百多名优秀将士抢回了张将军的尸骨，他的身上有八处伤口，其中炮弹伤两处、刺刀伤一处、枪弹伤五处。5月28日，灵柩运至重庆，蒋介石亲自扶灵执绋，护送灵柩穿越全城。11月16日，张自忠和他绝食而死的夫人李敏慧被以国葬之礼葬于重庆雨台山。周恩来称赞他："其忠义之志，壮烈之气，直可以为中国抗战军人之魂。"毛泽东亲笔为他题写了"尽忠报国"的挽联。2009年，张自忠被评为"一百位为新中国成立作出突出贡献的英雄模范人物"。2014年9月，张自忠被列入民政部公布的第一批著名抗日英烈和英雄群体名录。

7. 颔首流泪非丈夫

回族抗日英雄金方昌

金方昌，回族，1921年6月11日生于山东聊城。他自幼性格倔强，刻苦好学。1935年夏，考入聊城山东省立第三中学。同年冬，北平爆发了震撼全国的一二·九学生爱国运动，金方昌和聊城的爱国学生奋起响应。1937年，金方昌跟随二哥金默生（金瑞昌）前往济南一中读书。当时金默生已经参加了中国共产党领导下的中华民族解放先锋队（简称先锋队），在他的影响下，金方昌也开始阅读革命书刊，参加送信、放哨、散发传单、深入城郊农村宣传等抗日救国活动，不久也加入了先锋队。11月，兄弟二人跟随先锋队总部一起奔赴山西临汾。1938年1月，金方昌考入山西民族革命大学，在校积极参与地下党开展的抗日活动，并于2月加入中国共产党。

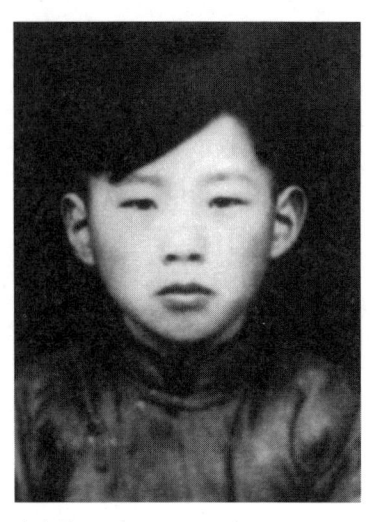

金方昌

1938 年 8 月，金方昌被党组织派往山西代县开展工作，不久担任代县赵家湾区党委书记。赵家湾临近日军据点，环境险恶。金方昌白天头缠白毛巾帮老乡放羊、打柴、种地，晚上走家串户宣传党的抗日政策。积极推行"二五减租，四六分粮"的减租减息政策，发展抗日武装。他发动青年民兵建立区抗日分队、村抗日模范班，经常带领民兵割电线、埋地雷、破路、炸桥、伏击敌军。日军和代县伪政权对此惊恐万状，在多次进山"扫荡"都失败后，四处张贴布告：悬赏五千元，捉拿金方昌！

1940 年冬，县委调派金方昌到日伪军队驻扎的城关区担任区委书记。11 月 24 日，金方昌等到赤土沟督运公粮，因消息泄露，遭到了敌军的包围。子弹打光后，金方昌把手枪和文件埋藏在一块岩石下，然后与敌人赤手搏斗，终因寡不敌众而被捕。

被捕后，汉奸头子郎豹武对金方昌说："小兄弟，你看上去不过十八九岁，真是年轻有为啊，只要你回心转意，为日本人办事，我保证你荣华富贵。""呸！你是什么东西？没有骨气的卖国贼！总有一天，中国人民要和你们算总账！"郎豹武并不死心："小兄弟，俗话说，识时务者为俊杰，只要你在自首书上按个手印，就可以放你出去。"金方昌怒目圆睁，夺过自首书撕得粉碎，狠狠地掷在汉奸头子的脸上。11月26日，日本特务头子石谷亲自审讯金方昌，也没法从金方昌口中得知一点儿共产党的消息。气急败坏的鬼子抽烂了金方昌的胸口，给他上老虎凳、灌辣椒水、钉竹签、坐电椅，还扒了他的裤子，把他的膝盖按在满是玻璃碴和碎石块的地上压杠子，金方昌被折磨得昏死过去，敌人又把他泼醒继续拷打。这样的折磨持续了两天三夜，残忍的敌人挖掉了他的一只眼睛，砍掉了他的一条胳膊。从剧痛中苏醒过来的金方昌挣扎着站起来，拖着伤残的身躯走到墙边，蘸着眼角的鲜血，在牢房的墙壁上写下了两行血红的大字："严刑利诱奈我何？颔首流泪非丈夫！"

1940年12月3日，敌人要残忍地杀害金方昌，成千上万的群众赶来为英雄送行。金方昌在囚车中向群众呼喊："亲爱的乡亲们，日本鬼子狗汉奸的日子不会太长了！共产党八路军领导我们，抗日救国一定会胜利的！"囚车到达刑场，日本兵强迫金方昌跪下，金方昌挣扎着大声呼喊："同志们，谁也不能跪下！我们抗日的人民,死也要死得勇敢！我们要站着死！"枪声在口号声中响起，金方昌倒在地上，鲜血流了出来，染红了祖国的土地。2014年9月，金方昌被列入民政部公布的第一批著名抗日英烈和英雄群体名录。

8. 英雄村里英烈多

惨烈的张家楼保卫战

张家楼，位于茌平县城西南二十里，是一座共产党员发展起来的敌后抗日"堡垒村"。1944年9月，县委派副大队长帮助张家楼建立了民兵联防队，全村一千人就有三百人参加了联防队。联防队的建立，让茌平县抗日县、区武装及其他上级部队有了新的可靠的立足点，也在敌人腹内形成了一个坚强的堡垒，周围各据点的敌人再也不敢来催粮款，抓壮丁了。

张家楼民兵抗日联防队从建立的第一天起，就成了驻守在村南六里的广平镇的伪政府独立营营长李长录的眼中钉，他多次找到伪县长李歧山告状："对张家楼怎么办？"其他反共分子和顽固派也把张家楼视为眼中钉，他们妄想恢复对张家楼的统治，改变广平北部的形势。1945年2月8日，李歧山纠集茌平三支队和治安军两千余人攻击张家楼，妄想消灭张家楼联防队，他们满以为土八路一吓就跑，不料联防队员用土炮和钢枪顶住了敌人的三次进攻。不久，我县大队赶来支援，敌人腹背受敌，狼狈溃逃。半个月后，敌人第二次进攻张家楼，这次联防队事先得到消息，和群众一起转移了，敌伪进村只烧了十多间房屋就走了。

敌人的进攻接连破产，恼羞成怒的李歧山找到日本顾问井上，策划对张家楼发动偷袭。2月16日凌晨，李歧山从聊城请来六十多个鬼子，加上他自己手下的伪顽军一共两千九百多人，突袭张家楼。战斗持续到第二天下午，在联防队的顽强阻击下，敌人最后只能丢下十多具尸体撤回茌平。联防队开会分析认为，屡次碰壁的李歧山不会死心，肯定还会有后续的袭击，为此，派民兵中队长王培山去联系县政府。县政府已经获知李歧山要调集鬼子和重炮血洗张家楼的信息，县长兼大队长徐效参亲自给张庄联防队写信，要求全村撤离，并让王培山速速回村送信。结果王培山晚上回村路上经过沙土寺，喝醉酒不能走路，没有把消息及时送到。没有得到消息的联防队非常焦急，大队长张承岗决定"没有上级的指示，任何人不准离村"。就这样，18日凌晨四点，联防队和村民都被李歧山团团包围在了张家楼。这一次，李歧山又从临清调来三十名鬼子，加上聊城和茌平的鬼子，人数达到了一百二十人，治安军和伪顽军也有三千六百人，总计达到了三千七百余人。

八点多钟，日军连放三炮，把紧靠北门的寨墙打了个大窟窿，鬼子、伪顽军一哄而入，见人就杀，遇柴就点，见房就烧，村内村外杀声一片，烟火四起。就在这样极其不利的情况下，联防队员仍在顽强抵抗，日伪军每经过一间房屋都要付出惨重代价。王振瑞领着十八个民兵与敌人巷战，他们退进一家院子，把门一关，爬上屋顶，不停地向敌人射击。在另一个院子里，民兵王开元和徐凤魁等四人隐藏在一座地瓜窖里，被敌人发觉，为了掩护三个战友，王开元独自跳出洞口跟敌人扭打在一起，壮烈牺牲。在另一个地洞里，有三十七名村民和伤员，年轻的母亲吉聘芬坐在地洞门口，就在鬼子搜捕过来的时候，她怀里正在吃奶的孩子突然哇哇啼哭，就在这千钧一发之际，吉聘芬忍着巨大的悲痛，死死地捂住了儿子的嘴，全洞人得以安全过关，她的儿子却永远地停止了呼吸。共产党员季承申忍着一家五口阵亡的悲痛，和张同宇、张先顺带领一百三十多名群众突围。已经突围出去的副大队长张同兴看见出来的人不多，又提着铡刀冲回来接应群众，与季承申等汇合在一起，杀出一条血路。就在这时，敌人的机枪扫射过来，危急关头身负重伤的季凤先艰难地拿起枪吸引敌人的火力，用生命掩护大家冲出最后一道封锁线。

这次战斗，张家楼人民英勇地献出了三百三十三名优秀的儿女，二百七十一人负伤，但他们没有眼泪，没有悲伤，只有杀敌复仇的烈火，只有继续斗争的壮志。英雄的人民用鲜血在鲁西抗战史上写下了壮烈而灿烂的一页。1960年4月，在全国民兵大会上，张家楼村被誉为英雄村，后经山东省人民政府批准建立了革命烈士陵园和抗日英雄纪念碑，成为第一批省级重点文物保护单位。

9. 苏村阻击战
钟铭新与抗日英烈

1940年百团大战之后，日军将我敌后抗日武装视为眼中钉，开始了全面的"大扫荡"。为了扩大百团大战战果，鲁西军区司令员兼教导第三旅司令员杨勇率主力部队第七团和特务营在郓城全歼日军木村师团一个中队，击毙日军一百五十九人，毙俘伪军一百三十余人。侵华日军总司令冈村宁次恼羞成怒，纠集以木村师团为主的日军七千余人、伪军三千余人，分六路对鲁西抗日根据地中心区濮县、范县、观城、朝城一带进行报复性"扫荡"。

为对付敌人的"扫荡"，1月16日鲁西军区在范县龙王镇召开会议，决定采用游击战与敌人周旋，为保存有生力量，

苏村战斗纪念碑（张克清摄）

鲁西军区首脑机关拟经朝城马集一带撤向徒骇河以西。为掩护机关及直属部队撤退，军区首长命令特务营营部率第九、第十两连在莘县张寨镇苏村构筑防御阵地，警戒东北朝城方向。

接到命令后，特务营营长钟铭新马上率部急行军，于当晚十时到达苏村。没来得及休息和吃饭，就派人观察地形、构筑工事。当时夜黑风高、天寒地冻，工事挖起来非常困难，好在苏村的青壮民兵与特务营士兵一起努力，到第二天拂晓全部工事构筑完毕。这时，东北方向已经是尘土飞扬，敌人的汽车已经隐约可见了。钟铭新一边安排人员组织群众向西撤退，一边命令号兵吹响调兵号，机枪手开枪射击，把敌人吸引过来。敌人听到号声和机枪声，果然以为军区机关在苏村，放弃马集，全部兵力朝苏村扑来。

钟铭新沉着指挥，等鬼子进到距离我方工事只有一百多米的时候，才下令一齐开火。机枪声压过了汽车的引擎声，把很多鬼子从汽车上打了下来。剩下的鬼子跳下车排成战斗队形向我九连阵地冲来，又被九连战士杀伤一批。十点左右，战场上枪声渐停，钟铭新趁机向军区领导汇报战况，领导指示：要不惜一切代价死守苏村，阻住敌人，为领导机关和后方人员转移争取时间！

不久，敌人后续部队赶到，二百多个鬼子跳下车，在机枪和小炮的掩护下蜂拥冲来，又被我九连、十连战士击退。这两场战斗打得非常激烈，虽然鬼子攻势很猛，但我军战士打得更加勇猛，阵地前满地都是鬼子尸体，血流遍地。但得到增援的鬼子在兵力上已经占据了绝对优势，他们将苏村团团围住，随后对我方阵地进行了疯狂的炮击，炮击过后又一窝蜂地冲来。激战中，九连连长黄学友身负重伤，拉响手榴弹与冲上来的鬼子同归于尽。副指导员秦光带领战士与鬼子拼刺刀，艰难地夺回了阵地。此后，鬼子又发动了四次冲锋，都被我军指战员一一击退。

空前激烈的抵抗让鬼子坚信军区机关和杨勇司令就在苏村，他们调来了所有的预备队，从东、南、北三个方向向苏村发起总攻。特务营战士打红了眼，他们视死如归，与敌人展开了浴血奋战。寨墙守不住了就退守街道，街道守不住了就上房顶，房顶守不住了就逐院逐巷地争夺，直至发展到面对面白刃格斗。二排长刘勇身负重伤不能站立，他将几个手榴弹掖在腰间，爬到阵地前的通道口上，等敌人第一辆坦克开过来时拉响了手榴弹，他用自己的生命瘫痪了敌人的坦克。十连指导员严海元在屋顶上抱着机枪向敌人扫射，忽然腿部中弹，连人带枪跌落小巷中，他仍抱着机枪打完最后一梭子弹，至死都不松手。营长钟铭新腹部被弹片打开，他忍痛烧掉身上的文件，将拖在地上的肠子塞进肚子里，用棉衣角堵住伤口，拿起一颗手榴弹滚出掩体，与冲上来的几个鬼子同归于尽。

战斗一直持续到下午六点钟，在邪恶的敌人使用毒气之后，最后的五十多个战士被熏倒在地，鬼子仍在院子里，审问军区机关和杨勇的去向。战士们一言不发，鬼子急了眼用刺刀在战士们身上乱砍乱刺，战士们用最后的力气呼喊"打倒日本帝国主义"，最后一个个倒在了血泊里。

这次阻击战，鲁西军区教导三旅特务营以一百三十多人的兵力，成功阻击了十倍于己、全副武装的敌人的疯狂进攻，让敌人付出了三百多具尸体的惨痛代价。我军一百二十六人壮烈牺牲，鲁西军区直属机关政治处主任邱以发、特务营营长钟铭新、指导员邱良左，以及九连、十连的连长、指导员等都在苏村的土地上流尽了最后一滴血。2015 年 8 月，苏村阻击战一百二十六名烈士入选第二批六百名著名抗日英烈和英雄群体名单。

10. 沙河崖村名的来历

刘邓大军渡河指挥部

1947 年，在经过一年多的解放战争，歼灭了国民党军大量有生力量后,解放军与国民党军的力量对比发生了显著变化。在这一形势下,国民党政府堵塞了花园口黄河大堤口门,使黄河水回归故道,从而形成了从风陵渡至济南约一千公里的"黄河防线"。1947年5月,中央军委根据中共中央、毛泽东主席"大举出击,经略中原"的伟大战略决策,向晋冀鲁豫野战军和华东野战军发出挺进中原的指示,命令刘伯承、邓小平率领晋冀鲁豫野战军十二万大军强渡黄河。6月26日,刘伯承、邓小平发出《晋冀鲁豫野战军鲁西南战役作战命令》,对鲁西南作战各军渡河及作战任务进行了重新调整,规定了各纵队渡河的具体地点。部署完毕后,刘伯承、邓小平便率领野战军指挥部从安阳出发,向黄河北岸移动,指挥部便设在了寿张县(今阳谷县)沙河崖孔月仙的家里。

沙河崖原名蒋家庄,是一个具有光荣革命传统的"堡垒村",早在1947年2月下旬华东野战军为掩护莱芜战役北渡黄河休整时便曾在此驻扎。这次南渡,刘伯承和邓小平巧妙地运用了"暗度陈仓"的战术,他们命令太行、冀南、冀鲁豫军区部队伪装成主力,在豫北发动攻势,造成敌人的错觉;又命令豫皖苏军区部队向开封以南地区佯攻,转移敌人视线,主力部队却隐蔽地从豫北开赴聊城黄河北岸,从临濮集和位山之间一百五十公里的河段

刘邓大军强渡黄河战役纪念馆(肖明磊摄)

上伺机渡河。蒋家庄正好就位于临濮集和位山的中间，村旁有公路通过，交通十分便利，很有利于指挥渡河作战。

蒋家庄的群众为了照顾好首长，特意腾出一座两层小砖楼供首长居住。邓小平看到小楼后恳切地对村干部说："我们是来为老百姓打天下的，不是来享福的。大家的心意我们领了，这小楼还是乡亲们住吧。"几句朴实真诚的话语，说得群众心里热乎乎的，村干部商量一下，决定把首长安排到蒋家大胡同里的孔月仙家居住。孔月仙当时只是蒋家刚过门不久的媳妇，听说刘邓首长要来家里住，心里感到无比喜悦，马上就把三间正房打扫干净让首长居住。刘邓首长来到孔家四合院里，却不愿给房东添更多的麻烦，坚持要住两边的厢房。孔月仙说："那可不行，厢房太闷热了。"刘伯承指着警卫员拿着的扇子说："天热不要紧，我们把牛魔王的芭蕉扇借来了，轻轻一扇，那热气就全跑了。"说得大家哈哈大笑，笑声中，两位首长和大家一起打扫起卫生来。

6月29日，渡河战役前一天，邓小平吃过晚饭，带着几个警卫战士信步走到村外，他望着远处绿色的原野，心潮起伏，感慨万千。他想，蒋家王朝就要灭亡了，蒋家庄也应该有个新的名字。回到村里后，他把村干部召集过来，指着村外的大土崖和赵王河沙滩说："新中国即将诞生，'蒋家庄'也应有一个新名字。你们这个村紧靠赵王河，到处堆满了黄沙，就叫'沙河崖'吧，你们看行不？"村干部听了都非常赞同，从此，蒋家庄改名为沙河崖。

次日夜，刘邓首长一声令下，晋冀鲁豫解放军主力四个纵队十二万大军突破国民党黄河防线，从临濮集到位山之间的三百里地段强渡黄河。7月4日夜，刘邓首长率指挥机关离开沙河崖村，由孙口渡河。渡河后，迅速扫清南岸残敌，夺取郓城、定陶、曹县，取得了战略性的初步胜利，接着便以排山倒海之势千里挺进大别山，揭开了战略反攻的序幕。

11. 小药箱的故事

领导干部的楷模孔繁森

孔繁森同志是领导干部的楷模，也是聊城人民的骄傲。习近平总书记明确指出："要学习孔繁森同志的境界感，他有一句名言：'爱的最高境界就是爱人民。'"对孔繁森同志给予了很高的评价。

孔繁森虽然不是医生，但他的医术十分高明。他1961年入伍时，曾在济南军区总医院服役，虽然只是一名警卫战士，但他耳濡目染、刻苦学习，很快成为一名精通医术的"编外医生"。家人和朋友们有个头疼脑热的时候，都会找他看看，时间一久，他也积累了丰富的临床经验。1979年到1981年，孔繁森第一次援藏期间，发现西藏乡下缺医少药，医疗卫生条件很差，牧民居住地距离医院很远，求医问药很不方便。等到1988年他第二次援藏的时候，身边就多了一个小药箱。每次下乡的时候，他都会用自己的钱购置药品，装满小药箱。工作之余，就给农牧民群众认真地听诊、把脉、发药、打针，直到小药箱空了为止。

在拉萨工作的四年时间里，孔繁森为数以千计的群众看过病、送过药，用去了他多少工资，他从来没有说过，他身边的人也说不清。1991年孔繁森因车祸回山东治疗，在他返藏后，妻子发现家里六千零六十元的存款只剩下了六十元，一问才知道那六千元是他买药品带回西藏了。孔繁森到阿里后，就下功夫狠抓医疗卫生网点建设、改善乡村医务人员待遇、大力推广中草药等工作。但阿里地区底子薄，群众缺医少药、就医难的问题不是一朝一夕能够解决的。急切之下，小药箱发挥的作用就更加突出了。

　　每当孔繁森下乡，这个小药箱便会伴随着他的身影出现在农牧民中间。在阿里，农牧民中开始流传着这样的话："地区有个会治病的大本布（大干部）啦。"只要看到戴着藏式礼

孔繁森听诊治病

帽、背着药箱的孔书记，便会响起一片欢呼声："菩萨书记来了！""孔书记来看望我们了！"每当这时，孔繁森就会用藏语亲热地向他们问候："波拉，姆拉，扎西德勒！扎西德勒！"随后打开小药箱，人们已经自觉地排起了长队。

1994 年 10 月 29 日，日土县过巴乡有个村子正在流行百日咳，村里小孩咳成一片，听得人心焦如焚。孔繁森一听说，马上带上小药箱，驱车数小时赶到村里。一进村，他顾不上喘口气、喝口酥油茶，就急忙打开药箱为围上来的孩子看病、发药。直到下午两点，饥肠辘辘的孔繁森才返回县城。有人对孔繁森说："您一个人再忙也忙不过来，还是让卫生局组织医生来吧。"他叹了口气说："阿里地区缺医少药的情况，一天两天哪能解决？多看一个病人，说不定就能多抢回一条人命。"

有一次，一位藏族老人病得厉害，呼吸困难，脸色发紫。孔繁森立即诊治，发现老人是浓痰阻塞了呼吸道，如果不把痰吸出来，老人将窒息而亡。可是孔繁森的药箱里只有一些常用药品，哪里去找吸痰器啊。孔繁森焦急地思考着，很快想出了办法，他取下随身的听诊器，将上面的胶管插入老人的口中，慢慢地伸向喉部，然后，他对着胶管用力往外吸痰，一口一口，直到把痰液全部吸出来……

有一个敬老院，孔繁森去过很多次了，他每次都惦记着院里老人的身体情况。有一位老人脚烫伤了，由于治疗不及时，伤口溃烂发炎了。看着老人一瘸一拐地走过来，孔繁森急忙为他检查伤情，从小药箱里拿出棉球和碘酒，仔细地为他擦洗伤口，敷药包扎。但在心里，他却一个劲地自责：要是早点儿来就好了，让老人遭了这么多罪。临走时，他给老人们送了一些药品，并将身上仅有的三十元钱掏出来留给了他们。

孔繁森用实际行动诠释了他的诺言："我要通过自己的工作和行动，把党的温暖和关怀送到每一个藏胞心中，证明我们共产党员是为人民服务的。"他的这种奉献精神，值得我们每一个人传颂和学习。

三

非遗撷英

聊城位于山东省西部，冀鲁豫三省交界处，黄河、京杭大运河在此交汇，是国家历史文化名城，商业文明与农业文明在此融合交织，哺育出了独特而又多样化的民间文化艺术形态和人文风情，形成了种类丰富的非物质文化遗产资源。截至2023年7月，聊城拥有国家级非物质文化遗产名录12项、省级非物质文化遗产名录65项、市级非物质文化遗产名录261项。其中既有临清贡砖、澄浆玉泥、东阿阿胶、东昌运河毛笔等传统技艺，也有临清驾鼓、东昌葫芦雕刻、东昌木版年画、聊城八角鼓、郎庄面塑、冠县柳林花鼓等民间艺术。此外，还有临清什香面、临清清真八大碗、东阿黄河鲤鱼、莘县古城鸳鸯饼等"两河美食"以及临清肘捶、东阿杂技、冠县查拳等武术杂技。这些宝贵的文化资源，凝结着先民们的情感和智慧，彰显着独特的生命力和创造力。加强对这些非物质文化遗产科学保护、活态传承和合理利用，有利于增强聊城文化旅游资源的影响力与吸引力，对于弘扬和传承优秀传统文化，促进文化和旅游深度融合发展具有重要意义。

（一）传统技艺

1. 临清贡砖

质若金石彰显工匠精神

　　临清贡砖烧制技艺是我国古代建材烧制技艺的重要代表，因其烧制砖窑位于临清而得名。临清贡砖广泛运用于明清皇家及官府建筑，具有"敲之有声，断之无孔，坚硬茁实，不碱不蚀"的特点，历经几百年仍坚硬如石，显示出高超的制作工艺。2008 年 6 月，临清贡砖烧制技艺被列入第二批国家级非物质文化遗产名录。

　　有句民谚："北京的城，临清的砖。"明永乐年间，明成祖朱棣迁都北京，先后用了十五年时间在北京营建了皇家宫殿，这建城的砖就选中了"临清砖"。之所以选择"临清砖"，是因为临清此地不仅依傍运河，运输十分方便，而且土质还十分特别，水质也不碱，是生产贡砖的好地方。于是，官府就在临清划了一块地方，营建了数百座官窑进行贡砖的烧制，还专门设置了"工部营缮分司"督烧。就这样，直到清朝末年，北京皇城的建造基本完成后，前后延续了五百余年的临清贡砖官窑才停止了烧制。据清乾隆《临清直隶州志》记载，"朝廷岁征城砖百万"。北京故宫是明清两代封建帝王的皇宫，也是世界

明代生产的临清贡砖（临清市文化和旅游局供图）

上最大的宫殿建筑群。多少年来，紫禁城一直以她的雄伟、神秘，吸引着古今中外众多来客的到访。但许多人并不知道，修建故宫的用砖来自四百公里之遥的山东临清。不止于此，十三陵、东陵、西陵、天坛、地坛、日坛、月坛、钟楼、鼓楼和北京城墙等建筑的用砖，也绝大部分来自临清。

临清贡砖烧制工艺复杂精细。为确保质量，临清砖窑有一套严格的技术操作规程，要经过选土、碎土、过筛、熟土、养泥、醒泥、制坯、晾坯、盖戳、装窑、焙烧、出窑、初检、复检等十八道工艺。每一批砖从进窑到出窑，猛火足足要烧上一个月，灶里的火二十四小时不停。烧砖用的"莲花土"，过完大筛子，还要过一遍小筛子，然后再像滤石灰一样，将土用漳卫河水过滤，滤满一池，待泥沉淀后，再从滤池中将泥取出，用脚反复踩匀，才能用来脱制砖坯。

脱制砖坯是所有工序中最耗体力的一道工序。具体做法是：先在砖模里铺上一层湿布（以便倾倒），然后从踩好的泥堆上取下一块约七八十斤重的泥团，经过反复摔揉加工，最后用力摔入砖模中。泥团的大小和用力的大小既要保证砖模的四解四棱填满填实，又要保证不能因泥团小而添泥。各窑场都设专人检查砖坯质量，棱角分明，光滑平正方为合格，不合格者要毁掉重做，因此，一个最好的工匠，一天也只能脱四百块砖坯。一般的，一天也就脱二三百块。

脱制好的砖坯晾干之后便可装窑烧制了。烧砖用的燃料是豆秸或棉柴，因其火旺且匀。烧窑是一项复杂的技术活，必须由经验丰富的火把势掌握火候。每窑砖必须烧制半个月方能停火。停火后不能立即出窑，此时的砖是红色而非青色。要在窑顶预留的水槽内放水，让水慢慢渗入窑中，水不能太多太急，否则会使窑体炸裂，这称为洇窑。洇窑需六七天时间，洇毕便可出窑了。由于非雨季可大量积存砖坯，故各窑都能常年连续烧制。烧砖用的豆秸或棉籽因用量甚巨，需专门筹措。每烧砖一窑，需"八九万斤不等"。烧制好的贡砖要逐一检验，"敲"和"看"是验收的主要方法，要敲之有声，断之无孔。每块合格的成品砖都要用黄表纸包好，才能装运上船。解送到天津后，还要重新敲验，不合格的贡砖绝对进不了北京城。

20世纪70至80年代，国家对北京的许多古建筑进行了修护，在工作开展过程中需要购进临清贡砖，这时才发现几乎已经无人能够烧制了，这不禁令人扼腕痛惜。直到1996年，在有关部门的大力支持下，临清贡砖烧制技艺最终得以恢复。目前，临清永祥贡砖生产基地的砖窑已有八座，古老的贡砖烧制技艺在新时代重新焕发生机和活力。

2. 健脑补肾秘方

地道药材缔造的中医良药

临清健脑补肾丸由二十五味药材配伍而成，是被乾隆皇帝服用后钦定方名为"健身汤"的一款中药，其传承至今已有二百多年的历史。经科学研究证明，健脑补肾丸具有显著的镇静作用，并可增强记忆力，改善脑功能，具有抗疲劳、抗衰老、提高免疫力、降低血黏度、改善血流变等功能。

据说，在清乾隆年间，临清大寺街积善堂有位名叫孙书林的名医，他养育了两个儿子，个个都很有出息：哥哥孙振甲考取了进士，入朝当了官；弟弟孙振岐则继承了父业，潜心钻研医术。有一天，乾隆皇帝在沿运河南下巡防途中，落脚在了临清州。由于他日夜操劳，身体已然疲惫至极，再也承受不住了，病卧在了临清鳌头矶上。只见乾隆皇帝面色土黄，头晕目眩，神思恍惚，腰膝酸软，身边随行的众太医多次诊治无效，一时间人心惶惶。就在这个时候，礼部尚书纪晓岚猛然间想起了出身于临清医学世家的孙振甲，此时他正好在临清州为其父亲守孝。于是纪晓岚赶紧登门造访，联系孙振甲商讨延医问药之事。

出于对乾隆皇帝龙体的考虑，孙振甲经过再三斟酌，最终决定让他的胞弟孙振岐前去给乾隆皇帝医治。孙振岐诊治后，为乾隆皇帝开了一个药方，神奇的是，乾隆皇帝在服用了一剂后，便觉得神清气和，饮食有加；服用了三剂之后呢，则思维灵敏，谈吐有序，精力充沛。孙振岐还用这个方子医好了乾隆皇帝的皇后和太子：皇后服用之后，原来失眠健忘及心烦意乱的症状都消失了；而太子服用这个方子，数日之后更是觉得浑身轻松，恢复健壮，神清目明，且记忆力大增。乾隆皇帝龙颜大悦，对这个药方赞誉有加，并钦定方名为"健身汤"。消息传开之后，孙氏名声远扬。后来，乾隆帝"健身汤"收录在了孙振岐著作的《孙氏秘方集锦》中。

孙振岐的后人孙锡伍先生继续钻研医术，成了临清的一名老中医，声名远播。据孙锡伍先生生前介绍，常用此方为临清患有失眠、健忘、腰膝酸软等病症的老干部们诊治，且效果显著。1949年秋成立临清县人民药社，孙老先生贡献出秘方，并根据该方健脑和补肾的突出特点，正式定名为"健脑补肾丸"。1958年，成立了临清中药厂，该产品经过科学调整之后，形成了现在的"健脑补肾丸"处方。健脑补肾丸采用人参、鹿茸、狗肾、杜仲等健脾补肾的药材，可以温壮命门，治疗肾虚症状；同时，又以茯苓、酸枣仁、当归、白芍等入方，补气养血，安神益智，健脑补肾，治疗健忘失眠、心悸气短等脑功能病症。还用砂仁、豆蔻等药材理气和中、化湿醒脾。因体弱身虚者易感外邪，故配以金银花、连翘、桂枝、牛蒡子、蝉蜕等，既可抑主药之温燥，又防外邪内侵。金牛草、甘草清热解毒，调和药性。

健脑补肾丸的生产工艺包括选料、水洗、干燥、配料、粉碎、制丸、筛选、分装等二十三道工序，每道工序都有严格的操作规范。其选料讲究，采用地道药材，质量上乘，疗效显著。作为纯中药制剂，该产品组方合理，配比科学，药理作用清楚，疗效明显，产品安全有效，多次荣获山东省医药管理局、国家中医药管理局、国家中医药管理局优质产品奖。2009年，临清健脑补肾丸制作技艺被列入聊城市第二批非物质文化遗产名录。2018年12月，入选山东省第一批传统工艺振兴目录。

3. 澄浆玉泥

方寸之间铸就匠心

"澄浆玉泥润如玉，出自古城东昌西"，这简单的诗句里藏着一个了不起的非遗故事。千百年来，生活在鲁西大地上的人们，用超群的智慧就地取材，创造出一项精湛的技艺，让世人为之惊叹。

"澄浆玉泥"此名取法甚妙，不仅点明了其原料获取技艺，还展现出了其成品触感。黄河的淤泥本身是没有办法烧制成物件的，必须进行反复过滤，使其中的杂质得以去除，最后获得细腻的泥浆才能够进行烧制。反复过滤去杂的过程就叫作"澄泥"。而名称中的"玉"指的是手感，虽然是泥巴做的，但是出窑后摸起来有如"玉"一样光滑细腻的感觉。

据传，澄泥技艺，始于汉代，繁盛于唐宋之时，唐代柳公权《论砚》就有记载。明朝洪武年间，聊城人郭敦在朝中担任尚书。他非常熟悉故乡东昌府的千年黄河淤泥，这种黄河淤泥细腻纯净，是烧造的好材料。而且聊城还有大量的山西手工艺人，那何不借此发展艺术品加工业呢？于是，他便建议其族兄郭山在明东昌府西南（今湖西办事处岳庄居委）投资建立一座澄窑，并雇了从山西绛州移民而来的二百多名澄浆玉泥窑工。为了便利窑品制作和周边居民，郭敦还曾在明东昌府建了西关古井一座，用于百姓饮用及澄窑制品后期的蒸煮工作。最初，道口铺郭庄郭姓祖先是进行艺术品加工制作的主要技师，随后逐渐将技艺传授给徐姓、王姓、刘姓、念姓等窑工。久而久之，徐姓窑工慢慢变多，就形成了村落，便是如今的岳庄居委徐窑村，村名也是从那时延续下来的。在当时，该澄窑主要生产制作活字印模等印书用具，以及各种各样的文人文玩、御用器皿等。

澄窑出品的这些物件中，最受古代文人器重的当属"砚台"。澄泥砚台的制作十分复杂，共有十一道工序，从澄浆到成品需要花费五六年的时间才能制作完成。在这十一道工序中，焙烧环节最为关键，烧制过程中，必须十分注意把控火候，稍有不慎便会让成品有瑕疵。烧完后，也不能马上通风，只能等待其自然降温。因为受到泥质、火候、时长等因素的影响，砚台的颜色、硬度等都会产生变化，这就是所谓的"窑变"。澄泥砚台经过烧制后，不仅十分耐用，而且有着惊为天人的触感，使用起来还不会损伤毛笔，可谓是"砚中一绝"。

由于澄浆玉泥制品用的是纯天然的原料，制作过程也是纯手工的，生产出的产品透气性强、光泽度好，具有很高的观赏性和收藏价值，因此历来受到文人墨客们的吹捧，"坚如铁，润如玉"是对澄浆玉泥最形象、最真实的描绘。"澄泥技艺"是黄河文化和鲁西民间文化的典型代表，具有独特的历史文化意义和很高的保护开发价值。2013 年 5 月，东昌澄泥制作技艺被列入山东省第三批非物质文化遗产名录，为这一瑰宝的永续传承提供了保障。

4. 运河毛笔
小小毛笔写佳话

东昌毛笔有着悠久的历史，由浙江湖笔经运河传承而来，至今已有六百多年的历史。根据嘉庆《东昌府志》中的记载，早在元代时期，东昌府便已经开始制作毛笔了。到了明代中叶至清道光年间，东昌府毛笔的制作大兴，从业者甚至达到了上千人，更是流传着"东昌作坊，书笔两行"的说法，可见当时毛笔制造业之繁荣盛景。

相传，在清顺治三年（1646）的开科大考中，聊城人傅以渐写出了一篇非常精彩的文章，顺治皇帝大为赞赏，而当时他所用的毛笔便是产自东昌府的毛笔。在康熙皇帝巡幸聊城时，也曾手握东昌毛笔，诗兴大发，撰文赋诗，还为光岳楼题写了"神光钟暎"匾额。清康熙六十年（1721），当时被康熙皇帝朱批"字压天下"，钦点为头名状元的邓钟岳，进京应试时使用的也是东昌毛笔。道光年间，海源阁的创始人杨以增也用东昌毛笔撰写了《重修光岳楼记》碑文。自此，东昌毛笔闻名遐迩，誉满天下。

东昌府生产出的毛笔，销路甚广，除本省各地外，还多销往山西、河北、河南等地。直至清朝末年，东昌毛笔逐渐衰落，但仍有三十余家作坊依旧制作毛笔。其中，规模大一些的有余子尚、玉山堂、老文友等作坊，小一些的则有万元长、文元斋、松华斋等作坊。这些制作东昌毛笔的作坊规模各异，工匠数量从三十人至一百人不等，平均每年能够生产三百余万支东昌毛笔，涵盖二百多个种类。民国以后，由于书写方式和工具的变化，使用毛笔的人锐减。许多掌握毛笔制作技艺的匠人也不再从事这项工作，毛笔年产量大大减少，所有工匠加起来甚至已经不足二百人，年产量骤降到五十万支左右。直到中华人民共和国成立后，制笔业才迎来了新的发展机遇。此后，东昌毛笔的制作更加注重原料的选择与工艺手法，使得毛笔的质量得到了提升。东昌毛笔不仅在国内受到了消费者的广泛认可，在海外也收获诸多美誉。

东昌毛笔的尺寸有很多种，大的用六寸猪鬃、羊胡精制而成，可以书写一米见方的字；而最小的毫笔只有半寸，可写蝇头小楷。"千万毛中选一毫"，可见东昌毛笔的制作工艺极为严谨。其制作分为水盆和干棹两大部分，共七十二道工序。"水盆"就是在水里制作笔头的工序，"干棹"就是笔头制作好后进行安装和后期整理的工序。在七十二道工序中，"择笔"是其中最为复杂的，这道工序不仅要求工匠谨慎细致，甚至对工匠在制作时的坐姿也有严格要求。制作过程中，还要经过选料、浸皮、采毛、分毫、装管、剔修等细致工序，可谓是极其精细复杂。

东昌毛笔选料精良、做工精细，有"尖圆齐健，刚柔相济"的特点，得到了文人墨客的钟爱。朱延禧、傅光宅、安跃拔、傅绳勋、杨以增、傅斯年、舒同、季羡林、李苦禅、孙大石、杨萱庭等众多书画名家都曾用东昌毛笔书写过不少精品佳作。2013 年 5 月，东昌运河毛笔制作技艺被列入山东省第三批非物质文化遗产名录。

5. 牛筋腰带

实用与美观兼具的聊城特产

在聊城众多非遗产品中，牛筋腰带应该算是极具本地特色的，在全国也算得上独有的民间工艺品。牛筋腰带又名"乾隆带"，这一名称的由来与乾隆皇帝有着莫大关系。

乾隆皇帝登基后，便沿京杭运河乘船"南巡"。这一路风和日丽，景色宜人，乾隆皇帝非常欢喜。当龙船渐渐驶近东昌府后，便听着人声鼎沸，熙熙攘攘，瞬间冲淡了船舱的欢笑。乾隆帝万分惊奇地问："这是什么地方？"然后让人撩起垂帘，只见商铺林立，人头攒动，热闹非凡。乾隆帝兴致大发，高兴地说道："这里如此繁荣热闹，可比京师，朕当登岸稍歇于此。"

乾隆登岸后，就登上了光岳楼以观全城盛景，并在此接受地方官员、百姓的朝拜。皇上亲驾，地方官绅们为了讨好圣上也是各显神通，纷纷取出家中珍宝呈献于皇上。一时间，光岳楼上名家书画、金石玉器琳琅满目，令人目不暇接。乾隆帝却对此不屑一顾，说道："金银珠宝，翰林书画，京师堆积如山，朕并不稀罕。"众官绅听罢，不由得面面相觑，不知如何是好。此时，时任翰林院大学士的聊城人邓钟岳将当地民间艺人所编制的牛筋腰带（又称凉带）作为贡品献上。乾隆细观其带，发

牛筋腰带（东昌府区文化和旅游局供图）

现其图案简洁明快，舒展大方，且坚实硬挺，配以漆黑或深棕色调，典雅高贵，甚是喜爱，不由得连连称赞："这牛筋腰带真是民间极品！"并当即下旨御封。由此，牛筋腰带成为每年必备的进京贡品。其中一种"双双节"带，乾隆倍加珍爱，并钦点为专用带，后被民间统称为"乾隆带"。

此后，乾隆帝九次出巡，途经东昌，六次登光岳楼并佩戴此带，还带入京师赏给有功之臣，并且要求众臣早朝必佩戴此品。由于此腰带是在古楼（当地习惯称光岳楼为古楼）上被御封，故称为"古楼御封带"。后来，古楼御封带在皇室贵族中流行起来，逐渐演变为一种尊贵的象征。

聊城牛筋腰带选用鲁西优质牛皮、牛筋为原料，完全按照传统工艺，经过选料、刮毛、割皮、水浸、编织、整形、轧光、上漆、配针等十几道工序精心手工制作而成，以花纹细腻、色泽美观而著称。牛筋腰带具有清凉透气、束腰健身的独特效能，使用方便，男女皆宜，久用能防止皮炎，有延年益寿之功效，具有很高的实用价值和较好的保健作用。从欣赏的角度看，牛筋腰带花样众多，颜色各异，以疏密得当的点线构成简洁明快的图案、舒展大方的造型，配以黑或深棕的色调，给人以古朴大方之美感，又具有较高的艺术价值和审美价值。2009年9月，聊城牛筋腰带制作技艺被列入山东省第二批省级非物质文化遗产名录。

6. 神奇的阿胶

历经千年的传统工艺

阿胶是历史悠久的名贵中药，与人参、鹿茸并称"中药三宝"，因其原产地是古代东阿而得名。《神农本草经》将其列为"上品"，《本草纲目》称之为"圣药"，其药用历史已有两千五百余年。

相传，在很久以前，山东省东阿县有一山一河，山名"狮耳山"，河名"狼溪河"，风景极其秀丽。然而有一天，生活在此地的百姓却得了一种怪病，患者首先面黄肌瘦、卧床不起，逐渐地开始气喘咳嗽，最后咯血而死，一时间乡亲们人心惶惶。有一位叫"阿娇"的姑娘，她的父母也不幸身患此病，先后去世。阿娇伤心欲绝之下，为了使乡亲们能够脱离疾病，便独自外出寻找治疗这种疾病的药。

一天，阿娇在路上遇到了一位鹤发童颜的老者，便向老者请教。老者告诉阿娇："这病虽然可以治好，但这药却很难得到。

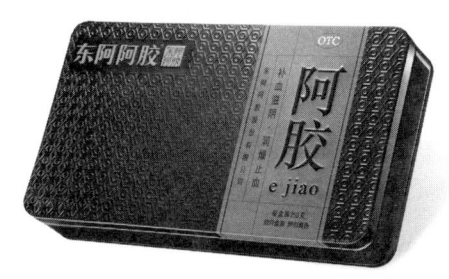

东阿阿胶产品（东阿阿胶市场部供图）

必须用吃长在狮耳山上的草、喝狼溪河里的水的小黑驴的皮，但是小黑驴异常凶猛，非常难以制服！"虽然原料听起来非常难得，但是阿娇一想起来受怪病折磨的乡亲们，就浑身充满了干劲，坚定地对老者说："只要能够给乡亲们治好病，即使搭上我的性命也在所不惜！"

老者见阿娇心意已决，便对阿娇说："要制服这头小黑驴，你必须先拜我为师，练就一身过硬的武功才行。"就这样，阿娇拜老者为师，并在老者的精心指导下，很快就学成了功夫。

告别老者后，阿娇来到狮耳山下，找到了那头小黑驴。经过一番搏斗，阿娇终于将小黑驴杀死。阿娇按照老者的指导，用桑木升起来火，将驴皮放入从阿井打的水中，熬制了七七四十九天，最终得到了颜色黑亮透明的驴皮胶。阿娇赶紧把驴皮胶拿去给乡亲们服用。乡亲们服用驴皮胶后，病很快就好了。当乡亲们想去感谢阿娇时，却发现阿娇不见了。乡亲们你一言我一语地说："老者肯定是药王菩萨下凡，把阿娇带到仙山上当药童了……"为了纪念阿娇姑娘，乡亲们便把这味治病良药取名为"阿娇"。因阿胶产自山东省东阿县，又用当地得天独厚的阿井水煎熬而成，故名"阿胶"。

东阿阿胶制作技艺蕴含着博大精深的中医药文化，具有历史、文化和科学价值，为研究中国社会发展史、中医药发展史作出了重要贡献。现代药理研究表明，阿胶多由骨胶原组成，经水解后得到赖氨酸、精氨酸、胱氨酸、谷氨酸、丙氨酸等，能促进红细胞和血红蛋白增加。服食阿胶可以补气益血，增强身体免疫力，对易缺氧、易寒冷、易疲劳，需要滋阴补肾、强健筋骨等人群来说，是滋补佳品。1914年，在山东省全省物品展览会上获得褒奖证书和最优等褒奖金牌；1915年，在巴拿马举行的国际商品展览会上，获国际奖状和金牌；1980年、1985年、1990年，连续三次荣获国家质量金奖。2006年，东阿阿胶中医药文化被列入聊城市第一批市级非物质文化遗产保护名录。2018年12月，东阿阿胶制作技艺入选山东省第一批传统工艺振兴目录。2019年12月23日，东阿阿胶入选"中国农产品百强标志性品牌"。

（二）民间艺术

1.临清驾鼓

运河边的古旋律

临清是历史文化名城，悠久深厚的古运河文化孕育了众多璀璨的非遗项目，临清驾鼓便是其一。作为彼时临清庙会的一个重要组成部分，临清驾鼓是当地土生土长的纯打击乐合奏形式，具有独特的运河文化风采。

驾鼓的起源可以追溯到东汉末年，是为了给军队助威而诞生的，也被称作"助阵鼓""羯鼓"。五代十国时期，沙陀国国王李克用发现通过鸣鼓可以隐晦巧妙地传播作战信息，于是在使用阵法进行伏击时，就开始用鸣鼓的形式来指挥军队作战。后来，宋太祖赵匡胤统一了天下，"驾鼓"就成为宫中御用品。到了清乾隆年间，临清建了许多庙宇，随之而来的就是数不胜数的宗教活动。宗教活动的开展自然是少不了音乐节奏，"驾鼓"便以其高昂洪亮的声音成了迎神送佛队伍的首要选择。各庙会随之纷纷效法，像南坛奶奶驾鼓会、碧霞宫庙驾鼓会、行宫庙驾鼓会等在民间负有盛名的庙会，都伴随着驾鼓的表演。民国初期，由洪鹤岭发起并组织群众购置锣鼓，传授鼓技，成

临清驾鼓表演（王艳丽摄）

立了更道"驾鼓"会,使这一古老的民间艺术得以传承并发展至今。

临清驾鼓是打击乐器合奏表演,用到的演奏乐器有鼓、点锣和筛锣。表演时节奏多变、鼓点密集,发出的声音洪亮,给人气势磅礴的感觉。每逢节日庆典或是地方社火表演时,临清驾鼓艺人都会被邀请前去表演。在每年农历三月最后一天到四月底,临清当地就会举办庙会。庙会期间,各种内容丰富多彩的表演活动一一上演,其中就包括临清驾鼓。每逢表演开始,其优美有力的鼓点以及异彩纷呈的表演技艺便吸引诸多百姓围观,人们在眼花缭乱间纷纷拍手叫绝。虽然临清驾鼓在表演时需要多少表演人员和乐器,需要根据实际情况而定,但不管表演规模大小,驾鼓表演都呈现出磅礴的气势,声音洪亮威武,临清驾鼓会因此又有"威武会"之称。

近百年来,临清驾鼓继承了传统的演奏技巧,并在几代人的发展传承中更趋完美,演奏也更加灵活多样。1979年,临清大桥村委会出资购置了锣鼓、服装、彩旗等,建立了正规的表演队伍。临清驾鼓以其特有的艺术魅力,长期受到人民群众的喜爱和赞誉。1996年,临清驾鼓队在山东省首届农民艺术节上刚一亮相,便博得全场掌声。临清驾鼓表演一举夺得金奖,被誉为"中华艺术明珠,民族文化瑰宝"。2006年,临清驾鼓被列入山东省第一批省级非物质文化遗产保护名录。2020年,临清驾鼓入选第五批国家级非物质文化遗产名录,以磅礴的气势以及震撼的旋律,为临清古运河文化乃至聊城历史文化增添了一笔别样的风采。

2. 东昌葫芦雕刻

小葫芦刻出大乾坤

葫芦在我国有着悠久的种植历史，由于它的发音与"福禄"相似，并且又在内部长子，因此人们认为它寓意着多子多福，所以大家就都把葫芦当作吉祥物，称作"吉祥葫芦"。聊城市东昌府区就是这么一个生产葫芦的地方，受所处地理位置带来气候、土壤、水源等条件的影响，东昌府的葫芦远近闻名。作为一项民间手工技艺，东昌葫芦雕刻已有六百多年的历史。

民间流传许多关于东昌葫芦雕刻起源的说法，其中最广为人知的，当属宋代王合尚刻葫芦。王合尚此人乃是一名宫廷艺人，在绘画和雕刻方面都十分有天赋。他告老还乡后，发现家乡有这么多葫芦，且一个个都质量顶好，于是就动了在葫芦上进行雕刻的心思。雕刻完成后，他就把葫芦拿来养蝈蝈。久而久之，当地人就学他的样子，也都开始在葫芦上进行雕刻。明清时期，随着运河的开通，东昌府区凭借着区位优势成为运河沿岸重要的商业都会，各地的商人都云集于此。他们发现雕刻葫芦极具观赏价值，且几乎家家都能进行生产，于是东昌葫芦就成为热销商品，随着运河销售到全

东昌府葫芦雕刻（王树峰摄）

国各地。

随着东昌葫芦雕刻技艺的发展，雕刻的图案也愈发丰富多彩起来。雕刻东昌葫芦主要有三道工序，首先是将成熟的葫芦煮过一遍进行发酵，这样葫芦的青皮便可以轻松地去掉，葫芦就会变成黄色。第二道工序就是在葫芦上进行雕刻。东昌雕刻葫芦使用的技法是镂雕技法，这种技法可以使葫芦有更好的透气和传声效果，看起来也更加具有观赏性。最后一道工序就是给葫芦上色。在葫芦上涂抹锅底灰或者秸秆灰与油的混合物，可以让葫芦上的图案更加清晰，还可以使其更好地保持色彩。东昌葫芦雕刻的图案丰富，从花鸟鱼虫到山水人物无一不全，雕刻的内容也取材广泛，像桃园三结义、金陵十二钗、三打白骨精、武松打虎等故事场景，以及穆桂英挂帅、三娘教子、墙头记、樊梨花征西、四郎探母等戏剧人物，还有各种人们耳熟能详的历史人物、革命英雄人物、地方名人及"八仙过海"等民间故事、神话传说等，丰富多彩，引人入胜，有着浓郁的生活情趣。

雕刻东昌葫芦用到的葫芦类型主要有"大葫芦""亚腰葫芦"和"扁圆葫芦"三种。而雕刻完成后的东昌葫芦又分为三等：最上等的雕刻葫芦用料优良，雕刻的人物、山水图案也是栩栩如生；稍次一点的雕刻葫芦在用料上不是使用质量最好的葫芦，雕刻的图案主要是花鸟鱼虫；还有"花葫芦"，是将葫芦染红后，雕刻各类花纹。其中，"花葫芦"的雕刻是最常见的，雕刻之前先染色，用枣树皮熬成溶液，或用荔枝红染料兑水，将葫芦染成紫红色，用刻刀片出花纹后，呈现出红底白茬。

一般先片顶花，再片中间大花，最后片底花，整个工序全靠一把刻红底片花葫芦刀，不需其他辅助工具，刀法简练夸张，生动传神，极具中国泼墨画之神韵。

东昌葫芦雕刻造型饱满，极具造型之美，装饰和雕刻工艺内涵丰富，寓意深刻，历史悠久，具有重要的历史、文化和艺术价值。2008 年，东昌葫芦雕刻技艺被列入第二批国家级非物质文化遗产名录。

3. 木版年画

印在纸上的传统年味

东昌木版年画的生产已有近三百年的历史，与潍坊杨家埠是山东省木版年画东西两个系统的代表。东昌府木版年画与地方特色风俗完美融合，表现出民众的审美习惯，是民间工艺美术中的一枝奇葩。

清初，来自山西和陕西的商人将木版年画带来了阳谷县张秋镇。随后，商人们发现此地"五方商贾辐辏，物阜繁齿"，于是决定在此地开办门店。最初，只张秋开了三家门店，后来，其中一家门店的老板刘振声将店铺地址搬迁到东昌府东关清孝街。很多商人随之发现了木版年画是一个非常赚钱的行当，于是纷纷到东昌府来开办店铺。而且，东昌府区是一个木板印刷业极为发达的地区，这也给木版年画的发展提供了助力。木版年画发展到清朝末年，在聊城各地已经拥有二十多家大规模画店，如聊城的"五福祥"、堂邑的"同泰"、莘县的"通顺"。

木版年画的内容，除了最常见的门神图之外，发展过程中还融合了当地的风俗、故事，创新了许多图案。每年春节前，木版年画最为畅销，而东昌木版年画的销售地也逐渐扩展，从鲁西地区销售至其他省份。

后来，由于漕运的废止，运河断流，津浦、京汉铁路的兴修，东昌府南北交通动脉地位消失，开始变成落后封闭的区域。丰富多彩的民俗艺术民间版画，没有以新的形式继承与发展。正是由于这种封闭的文化地理环境，民艺被深藏在了社会的底层，没能得到现代社会的重视，但同时又极少受到外界及上层文化和外来文化的干扰，保持着原汁原味。

东昌府年画表现的内容非常丰富，不仅有耕织图、渔家乐，还有戏曲故事、民间传说和吉祥图等。年画的种类也很多，可分为三大类：一类是故事，包括民间故事、戏曲故事、小说故事等，如《庆顶珠》《天河配》和《长坂坡》《武松打虎》等；另一类是有着吉祥寓意的内容，如《福寿三多》《双喜临门》《招财进宝》等；再一类是生活题材的，以儿童题材的"胖娃娃"为主，如《麒麟送子》《五子登科》《福寿三多》《吉祥如意》等。年画中的儿童天真活泼，有的抱鱼、逗猫、采莲，有的捧花、扑蝶，形象生动，饱满甜润，既给人以美的享受，又给人以幸福美好生活的憧憬，其设计、刷色都富丽堂皇，红火吉利，展现着迎春纳福的心理。东昌府木版年画要求"只印不画"，在塑造人物形象时，通常会夸张地表现人物。年画人物的头部，会占整幅年画的四分之一，甚至三分之一。虽然如此，木版年画对面容和服饰的刻画却也不失精致。由于家家过年都必备年画，因此木版年画对于颜色的使用也十分注重绿、紫、金、黑等鲜艳的颜色。东昌木版年画中的人物形象比较简约，却能反映出人们的内心向往，年画全图色彩鲜明，内容生动，能够表现出故事情节和趣味性，更符合人民的审美。

东昌木版年画伴随时间的推移发展，内容和取材却一直围绕民众生活，加上其抓人眼球的色彩表现，始终得到人们的喜爱。2008年6月，东昌木版年画被列入第二批国家级非物质文化遗产名录。

4. 聊城八角鼓

口传心授的说唱艺术

聊城八角鼓是流传于聊城市的一个曲种，以演唱者所用的击节乐器"八角鼓"而得名，距今已有一百余年的历史。关于八角鼓的起源，说法不一。其中一个说法是，满洲八旗的首领挑选最好的木料进献，用这八块木料镶嵌成一个八角鼓，体现出八旗的团结。

八角鼓在清朝初年至中期，为宫廷及军旅中主要娱乐形式，后来逐渐传入民间。当问到八角鼓是何时传到聊城时，有人说是乾隆皇帝在江南巡视过程中要听演奏解乏，就把八角鼓说唱艺术带到了聊城；也有人说在外当官、经商的人，还有聊城外出的人，沿京杭大运河将八角鼓从北京带到了聊城；还有人说，在京杭运河运行通畅时，南下的卖艺人将八角鼓带到了聊城。虽然，众说纷纭，但都说明聊城八角鼓的发展与运河密切相关。

八角鼓（刘伟摄）

最早传唱聊城八角鼓的是博平盲艺人褚连登，他十分擅长自弹自唱，技艺娴熟，变化多样。在他的影响下，学习八角鼓的人越来越多，不过人们主要还是将其作为业余爱好。褚连登的徒弟中有一位叫作吴化侠的人，相传他是清末的一个秀才，即使家道中落，但仍能熟读四书五经，钻研音律。拜师之后，他通过不懈努力，形成了自己的表演风格，深受民众喜欢。他将八角鼓的表演内容进行了创新，在原有三弦伴唱的基础上，加入了截板和小钹等打击乐器，使演奏更加富有节奏感。除了吴化侠之外，褚连登的另一个徒弟展永福也将八角鼓演奏进行了创新。清唱段儿书与化妆彩唱两种演出形式的增加，进一步丰富了聊城八角鼓的内容。通过八角鼓艺人们在传承过程中不断创新，至清末民初，聊城八角鼓演出的曲目增加到了包括清唱大段《祭塔》、清唱小段《小降香》等共百余个曲目。八角鼓的演奏还吸收了河南鼓子词等其他曲艺音乐的特色，唱词的题材也不断多样化，如传统历史剧《长坂坡》《抱妆盒》，另外还有一些反映群众日常生活、融风土人文为一体的喜剧故事。当时聊城八角鼓的曲牌有一百多个，曲目达七十多个。

到了民国初年，聊城城内有两处可以表演八角鼓，一处是许玉江等人所在的北门里李家粉房内，另一处是礼拜寺街吴化侠家。吴化侠的徒弟们也会经常聚集到他家演唱，若有节庆，依帖出演献艺。1929年，吴化侠的徒弟刘庚寅带领八角鼓艺人到济南演出，获赞无数，济南曲坛名流曾夸赞聊城八角鼓："聊城八角鼓可与'鲜樱桃'的五音班相媲美。"清末民初是聊城八角鼓最受欢迎的时期，后来由于天灾人祸等，民众生活困苦不堪，无心从事文艺。加之，吴化侠、贾占五等老一辈八角鼓艺人相继去世，至1938年日本帝国主义侵占聊城，便再没有艺人表演八角鼓了。

聊城八角鼓能流传至今，离不开第三代传承人逯本荣先生的突出贡献。逯本荣少年时聪明敏捷，十三岁时跟随第二代八角鼓传人吴化侠系统学唱八角鼓。他悟性极高，加之十分用功，很快就掌握八角鼓所有曲牌，并能自弹自唱。1938年冬，日军侵占聊城，社会动荡不安，民生凋敝。于是，逯本荣先生便弃商返乡务农。至20世纪30年代末40年代初，逯本荣先生自立门户，以口传心授的方式先后授徒五十余人。他因材施教，将弹、唱技艺分别授予不同的学徒，其中，唱以逯焕斌、弹以逯焕英最为著名。但好景不长，聊城八角鼓停演，逯本荣先生也在 1945 年时逃到聊城东昌府区冯庄村的远房亲戚李汝香家躲避迫害。当时李汝香先生的夫人刚刚过世，为抚慰其子李以章的丧母之痛，受李汝香之托，逯本荣开始教李以章学唱八角鼓。虽未正式拜师，但李以章已是除逯焕斌先生外唯一在世的老艺人。

1947 年，聊城解放后，聊城八角鼓又渐渐地恢复起来。1953 年 11 月，中央音乐学院民族音乐研究所特邀八角鼓艺人逯本荣等四人赴京献艺，将流传至今的八角鼓曲牌全部录制了音像资料。逯本荣的拿手曲目《长坂坡》《女起解》同时也录了音。1955 年至 1965 年期间，聊城八角鼓艺人创作出一批现代题材的曲目，参加国家、省、专区文艺会演多次，获得多项奖励，曾受到中华全国总工会、文化部、山东省文化局、山东省曲艺协会的表彰。

党的十一届三中全会以后，为抢救民族文化遗产，上级业务主管部门责成聊城市文化局再次对八角鼓进行挖掘整理工作。市文化馆音乐干部多次到刘营、墩台王实地采访，在两地八角鼓老艺人的协助下，将流传下来的三十六个八角鼓曲牌全部录了音。后又根据音像资料整理出文字资料，还采集八角鼓传统曲目八个。1979 年至 1982 年期间，聊城八角鼓代表队曾四次参加山东省及聊城地区举办的文艺会演并获得多项奖励。2006 年，聊城八角鼓被列入山东省第一批非物质文化遗产名录。

5. 冠县郎庄面塑

指尖上的古老面艺

在冠县北馆陶镇西南两公里多的地方，有一座总人口约三百人的小村庄叫作"郎庄"。郎庄西靠漳卫河，东邻黄河故道，南望309高速公路和邯济铁路，北邻千年古县城北馆陶镇，省道临馆公路南北向穿村而过。郎庄虽然看上去并不起眼，但如果提到村里的一项民间工艺，相信很多人都会很熟悉，那就是郎庄面塑。郎庄面塑花样丰富，题材广泛，造型精美，具有极高的艺术价值，被誉为"中国民间工艺中的一枝奇葩"。

郎庄面塑，俗称"面老虎"，传说在明洪武年间，有郎姓兄弟从山西洪洞县迁来此处安家，村名便因此定为"郎庄"。后来大家感到这个郎字和"弱狼"的狼字同音，于是就有巧手的村民用蒸馒头的面粉捏成了百兽之王老虎，以此来克制"狼"字，以保平安。另一个故事是说在战国时期，群雄割据，战火连绵。郎庄遍野荒芜，常有野狼出没，害人畜。人们为了驱狼消灾，便用面粉制作"面老虎"来镇家宅、保平安。

郎庄面塑（安文龙摄）

167

20 世纪 80 年代初，"面老虎"才定名为"郎庄面塑"。后来，随着社会进步，郎庄村民从单纯捏"面老虎"逐渐发展到飞禽走兽、瓜果梨桃、戏曲人物等无所不捏。历史上，郎庄面塑多以小件、单件为主，如鸟兽虫鱼、人物、瓜果之类，长度三五厘米不等。改革开放以来，随着知名度的不断提高，市场需求的逐渐扩大，郎庄面塑的作品种类也日益繁多。单就大类而言，就有花卉、水果、动物、戏曲人物、神话人物等九大类。有些技艺高超的老艺人，还能根据客户提供的照片、图画进行即兴创作。从技术上，面塑也解决了蒸熟变形、干后开裂、受潮发霉等一系列难题，使这项技艺成为郎庄人的独门绝技。

郎庄面塑的制作工艺比较独特，首先用精麦面粉发面，发好后用捏、揉、粘等方法塑造出各种花样，然后蒸熟，上胶绘色，晒干即成。郎庄面塑多为扁平的造型，宜于干透，可以平放和吊挂。郎庄面塑为半浮雕式，造型简练夸张，形神兼备，经过蒸熟"发胖"，显现出一种浑厚的造型美。郎庄面塑用到的颜料色彩艳丽，填色多是大面积填涂，色块中间用线条或小花间隔，而人物的五官、须发则用墨绿色描画，颜色对比鲜明，让面塑看起来更加生动形象。作为鲁西北地区民间艺术的杰出代表，在几百年的发展过程中，郎庄面塑形成了自己独特的制作工艺，其功能、造型和色彩折射出人们的基本审美意识，具有重要的历史文化和艺术价值。2008 年 6 月，郎庄面塑入选第二批国家级非物质文化遗产名录。

6. 冠县柳林花鼓

文武兼备的"走街秧歌"

冠县柳林花鼓属于民间舞蹈艺术，是民间"鼓子秧歌"的一种。最初是在田地间表演的，后来发展到走上大街表演。柳林花鼓起源于清朝初年，距今已有四百余年的历史。

关于柳林花鼓的起源，民间说法认为，其演绎的故事取材于《水浒传》。历史上，此地民风强悍，极富反抗精神，加之地处梁山好汉活动范围，老百姓出于对梁山好汉的喜爱，便将"梁山好汉化装成民间艺人混入大名府,大闹法场勇救卢俊义"的故事与"鼓子秧歌"结合起来表演，表演内容也逐渐固定下来。柳林花鼓的表演分为两部分内容：梁山好汉装作艺人歌舞

柳林花鼓（安文龙摄）

和梁山好汉解救卢俊义。但随着时间发展，只有第一部分的表演内容保存下来。

柳林花鼓表演对人数有严格的要求，角色是固定的，在表演中不能有缺席，并且表演有自己的套路，不能随意发挥。柳林花鼓的道具也是经过传承的，服装精致且戏剧色彩浓厚，为表演增添了表现力。柳林花鼓的独特之处在于，表演内容是固定的故事情节，并且表演时鼓身始终贴合表演者腿部，节奏感强。柳林花鼓表演包含舞蹈和武术元素，刚柔并济。表演方式有"踩街"和"跑场子"两种。跑场子的舞蹈表演结束后，便开始演唱环节，这部分一般由老鞑子演唱，演唱多是《绣帐幔》《好一朵奴女花》《喜歌》等曲调。整个表演中，文武两个表演可以多次进行，时长不限，等到文场最终表演结束时，这一场柳林花鼓表演也就宣告结束。

柳林花鼓一直活跃在民间文艺舞台，通过一代代艺人丰富发展、完善创新，得以流传下来。新中国成立后，柳林花鼓受到各级政府重视，曾一度兴盛。1953年，曾在华东区文艺会演中获一等奖，还去往抗美援朝前线，为战士们表演。在这之后，柳林花鼓就始终活跃在民间文艺舞台上。柳林花鼓以独特的挎鼓方法，有情节、有人物的表演方式而独树一帜，受到有关专家的高度评价。2006年，柳林花鼓被列入山东省第一批非物质文化遗产名录。2008年，被列入国家第二批非物质文化遗产名录。

7. 鱼山梵呗

佛教音乐的"活化石"

无论是在正史、小说，还是在民间故事里，说起曹植，首先想到的就是他的《七步诗》，他被哥哥曹丕迫害的场景就会浮现在我们眼前。在当时，曹植无疑是失败的，但在后世人看来，他政治上的失败，却换来了文学上的成功，甚至被颂为"才高八斗"。在这两种身份之外，曹植还有另一种身份，这就是"中国的梵呗创始人、佛教音乐祖师"。

鱼山梵呗是发源并流传于聊城东阿县鱼山镇的佛教音乐，至今已有一千七百多年历史。"梵呗"原是指佛教徒在佛前歌诵、供养、止断、赞叹时的念经声音，后泛指为传统佛教音乐。魏明帝太和三年（229），曹植受封为东阿王，有一天，他在鱼山游览的途中，听到了从岩洞内传出的梵音，心灵受到了震撼。受到启发后的他开始编曲，并将《太子瑞应本起经》改写成了唱词填入调中。后世对此广为传唱，称之为"鱼山梵呗"。"鱼山梵呗"改善了"梵音重复，汉语单奇"的问题，从此以后"梵音"逐渐用于汉语咏唱，是佛教中国化的标志。

鱼山梵呗演唱时的音量大小、音准高低和旋律过板等技巧都是通过口授的方式传承。唐代贞观年间，日本有一位名僧来中国求法，将鱼山梵呗带回了日本，至今仍在日本流传。1996年6月19日，日本佛教界曾组织代表团来中国参拜曹植陵墓，还演奏了鱼山梵呗，充分表达了日本人民对中国人民的深情厚谊。我国著名音乐学家田青、袁静芳等与永悟法师合作，大部分鱼山梵呗词谱得以保存，还把鱼山梵呗原有的"五音、五行、五气"与传统"一板三眼"等特征完美结合，基本上恢复了鱼山梵呗的面貌。2006年，东阿县成功举办了中国鱼山梵呗文化节，邀请世界各地的梵呗研究人员来鱼山交流，使梵呗研究进入一个新阶段。

鱼山梵呗佛教音乐主要分布在东阿县的曹庙、邓庙、净觉寺，阳谷县的海会寺以及周边的聊城、临清、平阴、梁山等地。鱼山梵呗有声乐和器乐两类，主要用于讲经仪式、六时行道、道场忏法。其按结构可分为单句式、齐句式、长短句式、套曲式等。单句式梵呗由一个句子重复构成，齐句式梵呗由句幅相等的乐句构成，长短句式梵呗由长短不同的乐句构成，套曲式梵呗是一种声乐套曲。鱼山梵呗有乐器伴奏，称为"法器"，主要有钟、鼓、磬、木鱼、钹、铃、金刚杵、箫、笛、琵琶、胡琴等。代表性曲目有《释迦大赞》《佛宝大赞》。鱼山梵呗随佛教传入韩国、日本，进而传播到亚洲及世界其他地区，是中国佛教音乐发展史的典型代表。2008年，鱼山梵呗被列入第二批国家级非物质文化遗产保护名录。

8. 高唐落子舞

民间舞蹈家族的一枝奇葩

高唐落子舞历史悠久，流传广泛，它以道具的奇特、音乐节奏的简易明快、队形的夸张变幻、舞步的灵巧多样而著名，堪称民间舞蹈家族中的一枝奇葩。其浓郁的乡土气息，醉人的民间风情，为历代广大劳动人民所喜闻乐见，显示出它强大的艺术生命力，至今在高唐大地上仍广为流传。

高唐落子舞最早起源于清乾隆、嘉庆年间，发源于高唐县赵寨子镇倪堂村，距今已有二百多年的历史。据传，早在二百多年前，高唐县就已经有了二月庙会的活动。在一年的庙会上，来了一位卖虎皮膏药的老翁。为了招揽顾客，老翁将铜钱系在了一根竹棍上，随后竹棍便在他的手上灵活地上下翻飞，有节奏地抽打着身体的各个部位，众人不禁交口称赞。老翁向众人说道："这叫作'落子舞'，是能够打通血脉，疏通经络，强身健体，延年益寿的。你们看我已经七十多岁了，但身体仍然硬朗，就是拜这舞所赐啊。"众人十分惊叹，因为这老翁看上去精神矍铄，身体健壮，一点儿也不像年过七旬的人。这舞蹈引起了倪堂村一位财主的注意，在庙会结束后，这位财主宴请老翁，恳求他能够将落子舞传授给自己。老翁欣然答应，于是这种舞蹈的雏形便在倪堂村扎下了根。后来，经过后代传承人的不断继承和发展，落子舞在道具、服装、动作上都趋于成熟。到了上世纪中叶，"落子舞"在高唐大地风靡一时，其队伍庞大，参加人数之多堪称前所未有。当时就有民谣说："看见打花落，吃饭都忘掉；瞧瞧落子舞，干活劲头鼓。"

落子舞人数不限，十人、二十人、三十人、四十人均可，但打跳的动作、舞步、节奏要绝对一致。全队人员要求男女各半。在历史上，领舞者是类似戏曲舞台上的男丑角和女彩旦。女彩旦大多数为男扮女装。男女领舞者是队伍的支柱和核心。

高唐落子舞（王矗摄）

他们不仅与整个队伍配合一致，而且相互挑逗，妙趣横生，令人捧腹不止。随着历史车轮的滚滚前进，改革开放的春风使"落子舞"这种古老的民间舞蹈形式重新焕发了青春。在每年举办的民舞表演上，落子舞队不断增加，活动地域也不断扩大，有诸如南镇乡落子舞队、琉寺镇落子舞队、涸河乡落子舞队、姜店乡落子舞队、赵寨子乡落子舞队、尹集镇落子舞队和清平镇落子舞队等。尽管他们的道具大同小异，但舞步、队形、神情却各领风骚，其中以南镇乡倪堂村的落子舞表演最为出色。

如今，高唐县每年举行全县民间舞蹈调演，落子舞是必演的重点节目。在社会各界的广泛关注和共同努力下，高唐落子舞在新时代迎来了新的发展机遇，愈发展现出其旺盛的艺术生命力和迷人的艺术魅力。2016 年，高唐落子舞被列入山东省第四批非物质文化遗产名录。

9. 高唐四平调

说唱结合的民间小调

高唐四平调，又称"高唐丝调"，因唱腔优美绵长、飘逸柔和，犹如老蚕吐丝，加之用丝弦伴奏而得名，是流传于高唐、临清、夏津、禹城、茌平一带的民间说唱曲种，至今有一百多年的历史。它是由临清时调的曲牌慢四平调逐渐演变而成的一种说书形式。

民国八年（1919）前后，临清时调玩友夏青云利用四平调改编演唱《卖油郎独占花魁》，在临清大寺落子馆演出获得成功。此时沧州木板大鼓艺人赵玉玺正巧来临清演出，感觉其曲调新颖活泼，于是便与夏青云一起革新唱腔，丰富书目，将小曲四平调发展成为一个独立曲种。赵玉玺在认真倾听夏青云等所唱的慢四平调后，便思考如何使之适应说书的需要。经过不懈努力，他创造出了极适于口语说唱故事的快口四平调。在之后的演出中，赵玉玺又不断地进行改良实践，陆续改编移植了《闹瓜园》《审青羊》《玉堂春》《丁郎寻父》《蜜蜂记》《杀子报》等中篇书目，使之能连演数月，具备了与姊妹曲种竞争的条件。后来，赵玉玺在济南南岗子市场演出时，还收了李歧凤、贾歧山、郭汝河三个弟子，传授给他们技艺，大大拓展了演出范围，扩大了四平调的影响。四平调一时间迅速流传于临清、聊城、茌平、高唐、禹城、平原等地，并唱进了省城济南。可以说，赵玉玺为四平调的创造性发展作出了重要贡献，而他

高唐四平调（王蠡摄）

本人虽然面貌生得丑陋，但天生一副好嗓子，使他赢得了"隔墙酥"的雅号，深受群众的喜爱。

在赵玉玺所收的三位徒弟中，以郭汝河的艺术成就最为突出。郭汝河是高唐县涸河乡郭营村人，生于1903年。他在1921年于济南南岗子随赵玉玺学习四平调。三年后，他艺成归乡，在家乡高唐一带演唱，并吸收了当地民歌加以发展。久而久之，该曲种被当地群众称为"高唐四平调"。郭汝河嗓音洪亮，语言幽默，唱腔韵味醇厚，表演极为风趣，因此他在鲁西北各地演出极为受欢迎。1957年6月，他参加了山东省第一届曲艺会演，且演出的《卖油郎独占花魁》获得了演唱二等奖。1958年8月，他又以《卖油郎独占花魁》选段，赴京参加全国首届曲艺会演。会演后随山东代表队在北京作短期公演，演出书目仍以《卖油郎独占花魁》为主，获得好评。郭汝河 20 世纪 50 年代参加的这些省及全国曲艺会演，为四平调的传播与发展扩大了影响。

四平调虽历史较短，但自赵玉玺后，贾歧山传郑大玉；郭汝河传白春孝、张春岭、刘爱华、徐志泉四弟子及女儿郭红娥、郭玉玲等，演出活动相当频繁。"文化大革命"期间，四平调同其他曲种一样被迫停演，演员改行转业，多数回乡务农。至 80 年代，高唐县文化馆扶持培训青年演员继承四平调艺术，演出活动逐渐恢复，1982 年 12 月，编演的高唐四平调《春风送暖》，参加聊城地区曲艺会演，获表演一等奖。四平调成为高唐一带群众业余文化活动的一个主要演出形式。2016 年，高唐四平调被列入山东省第四批非物质文化遗产名录。

（三）美食文化

1. 乾隆赐名"什香面"

一碗面中尝百味

元明清三代，会通河流经临清，南来北往的人们途经临清，不仅促进临清商业的繁荣发展，也使临清的饮食融合了南北特色。"运河什锦面"就是临清饮食的代表之一，因为一碗面可以配合十几种菜码，每个人都可以按照自己的喜好搭配，调配出不同的风味，因此临清什香面深受人们喜爱。

临清什香面，又称"什锦面"或"十香面"，即小说《金瓶梅》中所提到的"温面"，形成于运河文化兴盛时期，距今已有三四百年的历史。据说，乾隆皇帝在"南巡"途中经过临清，在游山玩水之后感染了风寒，因此食欲大减。地方官员抓耳挠腮，为了让乾隆皇帝能够吃得下东西，便让大厨制作了手擀面，配上十几种用时令蔬菜所做的菜码和当地酱菜，然后进献给乾隆皇帝。乾隆皇帝见到之后，不禁胃口大开，心情也随之变好，于是就给这面赐名"什香面"。"什香面"传承至今，已然成为临清的特色美食之一。

什香面的烹饪制作注重工艺流程，虽然名字看起来只有十样菜码，但实际上却有十八样之多。什香面的菜码是不固定的，会根据当季的新鲜蔬菜随时进行调整。什香面的制作是很能体现厨师功夫的，因为要做好十几样菜，那难度可不低于置办一桌子酒席。做菜所准备的丝、丁、末都要求厨师有好的刀工，精致的菜料才能突出十香的神韵。什香面的主要炒菜包括炒茄丝、炒蒜薹、炒豆芽、炒韭菜等，随炒菜上的小菜包括鲜黄瓜丝、酱瓜末等，佐以小碗的醋、芝麻盐、麻酱等调味料。除了以上这些，重要的还有西红柿鸡蛋卤和肉（牛肉或猪肉）卤。在菜码的制作上，尽量用煮而不用炒，一是为了保留配菜的原汁原味，二是因为考虑到有些顾客是点外卖，炒制出来的蔬菜，到了食客手中颜色会变得暗淡，影响人的食欲。还有非常重要的一点，煮出的面条一定要过一下凉水，这样可去其黏性，使面条爽滑筋道。

临清什香面（临清市文化和旅游局供图）

　　什香面不仅做法讲究，吃法也讲究。十种菜样、八种调料配上一碗面的仪式感是其他任何一种面都无法达到的。吃什香面如同唱戏，唱戏讲究"小兵大将"，吃"什香面"也讲究一个秩序。上菜时，小碗调味料、咸菜、炒菜先后登场，整齐摆放于餐桌的边沿位置，形成一个圆。整盆面条、肉卤素卤摆放于桌面中间位置。放眼望去，满桌色彩丰富，还未品尝味道，就先令人食欲大增。

　　什香面有别于其他面，它讲究"以菜为主"，所以放进碗中的面条不可太满，盛满三分之一，铺满碗底即可，然后将十八道菜码各取一点儿放进去，拌匀后就成满满的一大碗了。拌匀后的什香面宛如一件艺术品，细嫩光滑的面上，红黄绿白紫各色菜码相称，各种蔬菜的香味交织在一起。过水后的面条

179

爽滑弹牙，软硬恰到好处，不禁让人狼吞虎咽。

临清什香面是饭菜合一，自成一席。上菜程序严格，排列次序井然，餐具十分讲究，是山东宴席面的一种独特形式。此面通过京杭大运河融合了南方与北方面食文化的特色和口味，是贵族、富商宴请宾客和婚娶大宴的必备大席。什香面在临清人心中更是有着无法撼动的特殊地位。在临清，几乎家家户户都爱吃什香面，且会做什香面。2016 年，临清什香面（温面）制作技艺被列入山东省第四批非物质文化遗产名录。

2. 进京腐乳

名扬江北的传统名吃

提到聊城临清的特产，"进京腐乳"算是叫得一个响亮。"腐乳"这东西全国各地都有，为什么临清济美酱园的腐乳别具一格？这腐乳为什么又冠以"进京"二字呢？

临清进京腐乳是临清济美酱园的传统产品，至今已有二百多年的历史。在清乾隆五十七年（1792）时，有一位安徽举子名叫汪永春，他在临清青碗市口创办了一个南味酱园。汪永春经过一番思索，决定取《左传》"世济其美，不损其名"词句中的意思，把"济美"作为店号开张营业。济美酱园自其开张后，可谓是对得起它这个名字，产品种类齐全，制作精良，味道正宗，生意是十分火爆，深受当地人喜欢。

据说，乾隆皇帝乘船沿运河南下，在临清凤凰岭下船，当地的官员把济美酱园的红豆腐乳献给了皇帝，乾隆皇帝尝过之后不禁拍案叫绝，这咸淡适口，质地细腻的鲜味极其符合皇帝的口味。到了道光二年（1822），济美的小菜、豆腐乳甚至成为御用的贡品，得以呈给宫中的贵人食用，因此被誉为"贡品小菜"。一块小小的腐乳进了京，受到了京城人的喜爱，就应情应景地被冠上了"进京腐乳"的名号。到清朝末年，济美酱园做豆腐乳坯子的木制盒子就有四五千个，每个装料五斤，每年仅制红豆腐乳、臭豆腐就需黄豆两万斤以上。民国初期，济美酱园与北京的"六必居"，保定的"槐茂"，济宁的"玉堂"齐名，位列"江北四大酱园"之一。

进京腐乳的制作必须使用本年品质最好的大豆，随后经过浸泡、过滤、煮浆、点缸、培菌、发酵等十九道工序，最终得到美味的腐乳。豆腐含水适中，又是通过自然发酵，因此表面呈枣红色，内里呈杏黄色，具特有之香气，滋味鲜美，咸淡适口。它的块形均匀整齐，质地细腻，无杂质，无异味。旧时使用竹编盛放腐乳，外层再糊上用豆浆、动物血浸泡过的宣纸，其形状就像"元宝"状的小竹篓。另外，再用干荷叶封口，最后贴上古香古色的商标。一般客商及平民多以此作为临清的最好礼品馈赠他人，颇受欢迎。

几百年来，进京腐乳载誉江北。沿卫河从临清到天津，到河北的馆陶、大名，到山东省内的高唐、夏津、禹城、恩城等地，都有"进京腐乳"专卖店铺。1979年，"进京腐乳"被山东省一轻厅评为优质产品，年产量达一百一十多吨，但仍供不应求。现在的济美酱园是临清市的龙头骨干企业，制作销售的产品多达一百五十多种，产品销往全国三十多个城市。

3. 临清"八大碗"

来自运河的清真美味

临清作为全国著名的"小天津"，三百多年的运河历史为临清饮食文化博采众长、融汇南北创造了条件。临清的回族人口占到市区总人口的十分之一，所以在临清城区，大大小小的经营摊位有一半左右经营的都是清真美食。"八大碗"就是众多临清清真美食的代表之一，它以菜码多、味道鲜在临清众多的美食中占有一席之地。

据说，在成吉思汗率兵西征时，临清作为明军的征战要地，有大批的回族军士留守，他们由于祖祖辈辈居住于西域，因此饮食习惯上都以牛羊肉为主。在战争时期，时间十分紧迫，这

临清清真八大碗（临清市文化和旅游局供图）

就不得不提高做饭效率，节省时间。于是这些回族兵绞尽脑汁，充分发挥自己的才智和本领，最终想到可以提前把牛羊肉等食物通过炖、炸、煮等方式做成熟食准备着。这样到了吃饭的时间，只要烧好一锅热汤，将预先准备好的炸里脊等熟食用热汤一浇，不就成了香喷喷的饭菜？于是，这就成为回族士兵战争期间的饮食方式，也是临清八大碗的雏形。在开饭前，这些回族兵每人面前放着一大碗饭菜，大家围坐在一起，念诵"太斯米"，之后开始抱碗吃菜，抱碗菜就是在部队里初步成形的。后来，这种方式逐渐融入了中原人的饮食习惯中，从原来的席地而坐变成了围桌而坐，并且由原来的一人一碗菜变成了同桌人共吃八碗菜的用餐形式。

数百年的时间里，临清的穆斯林厨师不断完善临清清真八大碗，使其既不违背伊斯兰教义，又能适应在临清生活的穆斯林人的生活习惯。可以说，临清清真八大碗是我国回族人民将家乡饮食习惯和临清饮食特色相结合而形成的清真菜肴，是回汉两族饮食文化在临清当地融合的结晶。八大碗包括烧肉、炖肉、圈巧阁、松花羊肉、清汆丸子、黄焖鸡、黄焖肉、肉杂拌，如今在临清，既可以在清真饭店吃到它，也可以在回族同胞的饭桌上看到它。尤其是在清真婚宴的酒桌上，这更是必不可少的、最隆重的招待礼节。2007年5月，临清清真八大碗被省烹饪协会评选为山东名小吃。2021年，清真八大碗制作技艺被列入山东省第五批非物质文化遗产名录。

4. 东昌府 "三黑"

乌枣、香疙瘩和熏鸡

聊城是国家历史文化名城，文化底蕴深厚，拥有众多非物质文化遗产。仅仅在东昌府就隐藏着不少非遗，其中更不乏一些民间美食。聊城民间流传着 "东昌府有三黑：乌枣、香疙瘩和熏鸡" 的俗语，这 "三黑" 就是聊城民间美食的杰出代表。

首先说一下 "乌枣"，亦称熏枣、焦枣，是茌平县的传统土特产，距今已有上百年的历史。制作乌枣用到的是熟鲜红枣，经水煮、窑熏、阴凉等工序制成。仅窑熏一道工序，就要反复三次，历时六天，经 "三次窑子六遍水" 方可。乌枣材质优良，可作一般用材；果实去涩生食或酿酒、制醋，含维生素 C，可提取供医用；种子入药，能消渴去热。成品乌枣呈乌紫色，外皮上还有细密的花纹，散发香甜味道。乌枣含有氨基酸、蛋白质、黄胴等多种对人体有益的元素，食用可以防癌补血，是许多人群的滋补珍品。

再说 "香疙瘩"，其实就是腌制的芥菜疙瘩，也叫芥菜、玉根、大头疙瘩等。其特点是，咸味适中，悠香味厚，嫩而不柴，香而不腻。腌制好的芥菜疙瘩，切成丝，淋点热油，滴上几滴香油，再调入一些香醋，搅拌一下，特别美味，而且又脆又解馋。

最后，我们再来谈一谈魏氏熏鸡。在清朝嘉庆年间，聊城北关有一家制作扒鸡的有名的店，叫作 "魏家扒鸡店"，他家

聊城熏鸡（东昌府区文化和旅游局供图）

的扒鸡经过独门秘方的制作，可谓是色香味俱全。且魏氏又有着优质的服务，待客极为真诚，所以其扒鸡广受欢迎，一时间声名大振，客源不断，每日上午便能销售一空。魏氏扒鸡店的老板魏永泰发现，自家扒鸡虽然品质好味道好，但是由于水分太多，所以难以长时间保存。突然间，他灵光一现，想到木工会通过熏蒸的方式将木头中的水分去除，那是不是也可以用同样的方法来熏蒸扒鸡，以去除其中的水分呢？说干就干，魏永泰立刻开始了熏蒸扒鸡的实验。首先他先将扒鸡制作出来，然后在扒鸡内塞入香料和药料，随后开始熏蒸。理想是丰满的，但现实并不尽如人意。在实验的前期，由于魏永泰掌握不好火候，因此成品令人不忍直视。不过这并没有打击到魏永泰，他反而越战越勇，不断地总结失败的经验，最终功夫不负有心人，他得到了熏制扒鸡的方法：熏鸡要选用外形丰满，肉多肥嫩，体重在一斤到一斤半重的当年生无病活鸡，先加工成扒鸡，然后往鸡的腹中装入药料。香料和药料的比例要根据生产多少扒鸡和季节随时调整，使用的锯末最好是沙、柳、红松木，还要在锯末中掺入适量的细土。在熏制的过程中，最重要的一环就是控制烟量，把握好烟量熏制出来的扒鸡才会呈现栗红色。烟熏时间一般为三到四个小时。在反复的熏制中，魏永泰也在不断地完善熏鸡的选料标准、配料程序和制作工序。

清朝嘉庆十五年（1810），熏鸡制作工艺终于成熟，魏永泰将新产品取名为"魏氏熏鸡"。熏鸡的水分少，鸡皮全部裂开，露出了里面的肌肉，散发出浓浓的药香味，最重要的是可以存放一年之久。熏鸡在店里一经出售，不久便畅销运河沿岸。由于魏氏熏鸡形美、肉嫩、骨酥、色鲜、味美，入口余香深长独特，四季皆宜食用，既可下酒，又可佐茶，过往聊城的商贾游客争相选购。

魏氏熏鸡距今已有近二百年的历史，但制作技术仍代代相传，产品质量仍不减当年。聊城的特色传统美食中，魏氏熏鸡凭借独特的外形和风味，令许多食客对其赞不绝口，老舍先生专门送给它一个"聊城铁公鸡"的美称。2009年，聊城铁公鸡制作技艺被列入山东省第二批非物质文化遗产名录。

5. 东阿黄河鲤鱼

母亲河馈赠的鲜活美味

东阿为著名的黄河鲤鱼之乡，得益于母亲河的馈赠，"金鳞赤尾，体型梭长，游姿娇美"的东阿黄河鲤鱼成为地道的东阿人餐桌上的美食，形成当地非常浓郁的饮食文化。

在东阿大桥镇滑口一带，提起"吃鲤鱼做皇帝"的传说可谓尽人皆知。相传，元朝末年，江淮地域的濠州一带（今安徽凤阳县周围），遭遇连年大旱，河床干枯，土地龟裂，赤地千里。本来就贫穷难耐的穷苦百姓，度日如年，无奈纷纷弃家外逃，讨饭谋生。在安徽凤阳东南三十多里远，有一个仅两三百人的小村庄，叫朱家庄。这个村的百姓多半都出去讨饭了。村西头老槐树下，住着一户孤儿寡母，母亲王氏年过五旬，孤儿小名重八，年方十四。娘儿俩靠树叶树皮充饥，一直熬过了这年春节。重八饿得皮包骨头，母亲实在没有办法，于是也跟随着许多逃荒人一起北上逃生去了。

这年二月初，母子俩讨饭来到黄河北岸的漕运重镇——滑口。滑口是黄河下游的一个重要码头，早在宋代就已设置，当地有"金滑门、银凌山、铁打的张山"之称。只见河内帆樯林立，码头上人来人往。离码头不远更是热闹，人们摩肩接踵，吵吵嚷嚷。原来，这天是农历二月初二，滑口大集。忽听一阵高声叫嚷，见一彪形大汉，一手提一条大鱼，一手对一老汉推搡着。细听方知，这大汉姓李，是滑口镇上的一个富家少爷，因其飞扬跋扈，横行乡里，当地人都叫他"李爷"。前几日，他花重金找了一位能掐会算的大仙看过，说是二月二龙抬头这天，吃一条三斤九两六钱的鲤鱼，日后能做官发财。李爷做梦都想做官，自打算命之后，天天到处买鱼，但始终没有买到。还真凑巧，二月二这天，一位老渔翁捕到了一条大鲤鱼，双唇

黄河鲤鱼（滕兴华摄）

四须、金鳞赤尾、白肚青背、橙黄的鱼鳍，在阳光照耀下，亮金闪银、鲜活无比。李爷几步上前，不由分说，伸手抓起大鱼，上称一称，不多不少，正好三斤九两六钱，于是想强行买下。可这老翁嫌给价低就是不肯卖。几经吵叫拉扯，李爷还是以很少的价钱强行把鲤鱼买走了。

话说王氏、重八娘儿俩，在滑口镇乞讨，一天下来，也没要到多少吃的，天色将晚，依然是前胸贴着后背。王氏想再到一两户人家碰碰运气。娘儿俩来到一个大户人家的门前，碰巧这户人家就是之前强行买鱼的李家。娘儿俩接连叫了几遍，大门终于开了。一位名叫凤姑的女仆出来，看见衣衫褴褛、有气无力的女人领着一个满身污垢的少年，顿生怜悯之心。于是，把少爷中午吃鱼剩下的鱼刺端给了王氏母子。娘儿俩在路边找了面背风的破墙，在墙根蹲下。重八已经饿得难以直腰，拿起饼子一掰，娘儿俩一人一半。重八抓起鱼尾，不管有没有刺就吃了起来，还不住地给娘说："你也吃，你也吃。""慢点慢点，小心刺卡了脖子。"娘嘱咐道。说来也怪，这鱼刺吃到了重八嘴里，一嚼即碎，边吃边说："香着哩，香着哩。"

这样，王氏和重八母子俩在外讨饭三载，度日如年。由于饥寒交迫，加上生病，王氏撇下还未成年的重八，病饿而死。孤苦伶仃的重八无奈出家到濠州的皇觉寺做了和尚。一年后，听说郭子兴高举义旗，率众抗元，响应者众，队伍不断壮大，农民起义，已成大势。重八逃出了寺庙随郭子兴的抗元大军起义，并起了个大名——朱元璋。由于朱元璋机敏过人，骁勇善战，渐渐被义军看重，一步步升为义军的首领。再后来，朱元璋率领的起义军推翻了元朝，他也成了明朝的开国皇帝。

当上皇帝的朱元璋，天天山珍海味，鸡鸭鱼肉，却怎么也吃不出东阿滑口鲤鱼骨架的那种香味。于是，下令让人到东阿县滑口附近找一找当年送给他鱼骨的女仆凤姑和金鳞赤尾橙黄鳍的黄河鲤鱼。官差几经周折，终于在距滑口很近的凤凰山找到了当年的凤姑。官差将朱元璋当年随母讨饭吃鱼骨，直到当今做皇上的事给凤姑说了一遍，欲带些黄河鲤鱼并接凤姑去南京小住几日，让她亲自为朱元璋炖鱼。凤姑怎敢抗旨，于是，带官差在东阿县滑口附近沿河上下买了些黄河鲤鱼，放于木桶之中，走水路带去了南京。凤姑亲自在皇宫御膳房为皇帝炖制黄河鲤鱼，朱元璋大加褒赏。从此，原产东阿滑口附近的黄河鲤鱼名扬大江南北。东阿黄河鲤鱼也成了东阿美食的标志。

如今，东阿黄河鲤鱼从野生到人工繁育已成规模，黄河鲤鱼也派生出了一鱼三吃、糖醋鲤鱼、鱼锅、鱼头汤等数十种吃法。以当年凤姑炖制黄河鲤鱼的方法制作的鱼羹，取名为"凤姑鲤鱼"，更是美名远扬，唯东阿独有。

6. 阳谷水浒宴

用舌尖感受英雄好汉的豪情

坐落在鲁西平原上的聊城市阳谷县，历史悠久，文化灿烂，历史古迹遍布。因古典文学《水浒传》和《金瓶梅》的描写而名扬天下。这里武松打虎的佳话源远流长，景阳冈酒的美名早已远扬，水浒盛宴的滋味会从舌尖涌上心头。在旅游产业飞速发展的当下，聪明的阳谷人温故知新，创造性地将打虎故地景阳冈，水浒传的英雄事迹，梁山好汉的饮食特点融合在一起，为八方来客奉上一场餐桌上的美食江湖——水浒宴。

水浒宴，顾名思义，跟《水浒传》有着千丝万缕的联系。早在宋末元初，梁山好汉"大块吃肉、大碗喝酒"的习俗就开始传入民间并形成民俗，这就是水浒菜系的雏形。水浒宴以古典名著《水浒传》中的描写，结合水浒故事发祥地的传说，加之自宋代以来流传至今的名菜为基础，挖掘整理出一百零八款菜品，后在"水浒"研究会有关学者及烹调专家的指导下，几经修改，推出水浒宴系列。如果说孔府菜定位为官府菜，运河宴定位为商贾菜，那么水浒宴就是最有烟火气的江湖菜。

水浒宴菜肴共有一百零八道，象征一百零八名好汉，还有很多菜品面点，也蕴藏一百零八的数字感应，比如说一盆粉丝炖肉，正好抽出一百零八根粉丝，就连一枚武大郎烧饼上，也均匀地洒着一百零八颗芝麻。看样子，一百零八名好汉的不死神魂和英雄气概，始终萦绕在阳谷周围，也贯穿在美食盛宴的过程之中。经过数百年的提炼，如今的水浒宴可称为：粗犷之中含高雅、江湖之菜有斯文、草根之宴品养生、飨食之中论英雄的饕餮盛宴。

水浒宴的每一道菜品都有其独特且有内涵的名字。《水浒传》中有一武松在景阳冈酒馆中大块吃牛肉、大碗喝酒的经典场景，看起来吃得很过瘾，让人不由得垂涎欲滴。根据这一场景，就有了"武松牛肉"这道菜。武松牛肉是大块酱牛肉装盘，软烂入味，让人欲罢不能，吃起来颇有好汉豪迈之气概，让人感受到大块吃肉的畅快。"智取生辰纲"是水浒里开篇的惊天大案，水浒宴精妙地借用这个典故设计了"智取生辰纲"这道菜。在厨师的精心烹制下，花生化糖作黄泥岗，豆腐盒变作宝箱，而山珍海味则成了宝箱中的金银珠宝，这道菜不仅构思巧妙，味道也很丰富。"及时雨情真托凤蛋"讲的是吴用向宋江报喜的故事；"浪里白条"讲的是李逵与张顺在水中打斗的故事；"水泊鸭丁"因宋江慰劳智多星吴用而得名；"聚义菜"寓意着梁山好汉聚到一起，共同商议除霸安良之大计。还有很多我们耳熟能详的菜品，如时迁盗鸡、狮子楼布袋鸡、江湖白肉、武大郎烧饼等，这些听起来就让人垂涎欲滴的名字，吃起来更是美味可口。

水浒宴以《水浒》传说为蓝本而提炼美食情节，以历史故事为背景而延伸美食效果，通过宴会杯盏的传递而再现当年梁山好汉大块吃肉、大碗喝酒的气氛，同时追求席间烹饪的精益求精，让每道菜品都能津津有味。凡是享受过水浒宴的食客，无不被美酒佳肴所陶醉，性情之人还会产生群英聚会、入寨豪饮的朦胧幻觉，让人们在品尝美食的同时，充分感受到水浒文化的魅力。

7. 莘县伊尹养生宴

领略"治大国若烹小鲜"的智慧

话说莘县在历史上名气极大。春秋时期，莘县为卫国莘邑之地。由于地近中原，成为兵家王侯逐鹿中原的必争之地。自古以来，许多著名的战役发生在此，如战国时期的孙膑与庞涓马陵之战；三国时期曹操、臧洪等东武阳之战等。

在莘县莘亭镇大里王村有一块石碑，虽饱经沧桑，但"莘亭伊尹耕处"六个大字清晰可见。伊尹生活在遥远的夏商两朝之间，早年在莘县一边耕种一边读书，德才兼备的他在县里获得了极高的声望。商汤（商朝的第一代国君）听闻后三次派出使者，前往莘县伊尹耕读之处邀请他辅佐自己立国安邦。最终伊尹被商汤礼贤下士的胸襟和真诚所感动，入朝为官并帮助商汤灭掉夏朝，建立商朝。后人为了纪念他的功绩，立了这块碑。

伊尹隐居莘县，耕读为业，一朝入仕便名满天下。过人的谋略被老子总结为"治大国如烹小鲜"。伊尹自身在烹饪界也颇有建树，留下了许多有关烹饪美食和治国方略的故事，"莘鼎戏燕"便是其中之一。传说伊尹从莘县带着鼎俎去见商汤，借烹调为比喻向商汤阐述治国见解。讲到"鼎中之变，精妙微纤"的时候，忽然狂风夹带着一只燕窝从天而降，伊尹高呼天意，并快速进行烹调，一群燕子闻香而来，绕鼎飞旋。商汤看见烹调好的燕窝，燕丝洁白如玉，汤汁清澈碧透，入口炙而不腻，醇厚清鲜。后人便根据传说做出了"莘鼎戏燕"这一佳肴，集燕窝的名贵与鼎的尊崇于一体，备受食客喜爱。

伊尹是中国历史记载的第一位宰相、第一位帝师，被孟子称为"圣之任者"。伊尹以鼎烹说汤，分析天下大势与为政之道，主张"居上克明、为下克忠"，注重尊贤、用贤。他历佐商汤、外丙、仲壬、汤孙太甲和沃丁，理政安民六十余载，治国有方，权倾一时，为商朝六百年基业奠定了基础。同时，伊尹还被中国烹饪界尊为"烹饪鼻祖"和"厨圣"。他撰写的《汤液经》为后世食疗、养生理论的发展奠定了基础；其"五味调和"等烹饪理论，被历代宫廷食典延续使用。伊尹治国美食养生宴就是其治国理政智慧和美食养生思想的集中体现。该宴席谨遵伊尹烹调理念，既注重原料的自然性质，又注重烹饪用火。根据伊尹的《汤液经》，其注重药理和食补，将菜品分为大菜、铃铛、座汤、饭菜等。其中的大菜又叫主菜，铃铛的表现形式为创意菜式。烹制方法丰富多彩，如炒、煎、腌、卤、泡、炖、爆、贴、糟、焖、烩、蒸、煮、煸、烘等。爆时急火快攻，突出菜肴的鲜、嫩、脆、香，还注重清汤、奶汤的调制、选料。

伊尹宴不仅有莘县本地食材，也有山东近海地域的丰美海鲜，加上"五味三材、九沸九变"等烹饪方法的巧妙运用，被誉为珍馐美味、饕餮大餐一点儿也不为过。整个宴席菜点制作精细，南北风味兼容，品味独特，滋补而无药味，既体现了伊尹时期的美食养生文化，亦体现了伊尹的治国理政思想，是上古治国美食养生的生动再现。

8. 莘县古城鸳鸯饼

郑板桥品饼思母

鸳鸯饼发源于莘县古城镇，历史悠久，有着丰厚的文化底蕴。古城镇系原范县县城旧址，地处两省四县（两省：山东省和河南省；四县：莘县、范县、阳谷县、台前县）交界处，不少历史名人都在此地留下足迹：仲由（字子路）曾在此设院讲学；秦始皇走马修堤，设立点将台；"扬州八怪"之一的郑板桥曾在此任县令；刘邓大军南下时也曾途经此处。

清代乾隆七年到十一年，"扬州八怪"重要代表人物郑板桥曾经在老范县县城当了五年县令。郑板桥是个重情念恩的人，

鸳鸯饼（张克清摄）

他自幼丧母，是靠着费姓乳母的教养长大的。小的时候遇上饥年，费氏就每天背着郑板桥去集市上卖东西，然后将卖东西所得给郑板桥换饼吃。郑板桥与乳母感情深厚，相依为命，也因此对饼情有独钟。后来，郑板桥在范县品尝到鸳鸯饼时，睹物思人，十分怀念乳母，不禁泪如雨下，有感而发，写下了："食禄千万钟，不如饼在手。平生所负恩，岂独一乳母。"这首饱含思母之情的诗，流传至今，读来真挚，甚是感人。鸳鸯饼在当地已有三百余年历史，郑板桥能够品饼思母，也可侧面反映出鸳鸯饼的品质受到当时上至达官贵人，下至平民百姓的喜爱。

鸳鸯饼因成品两两相扣、成对售卖，如鸳鸯互不分离而得名。鸳鸯饼因为手工制作，最大限度保证食材养分不流失，而且色香味美，完全符合现代绿色健康食品的标准，而广泛流传于莘县古城地区。鸳鸯饼主要经过选料、原料加工、主料制作、辅料炒制、汁料熬制、馅料调味、面皮精制、造型、古法蒸制共九个环节、二十一道流程，最终制成色香味美的鸳鸯饼。鸳鸯饼选料考究，馅料以精制猪后臀尖肉和新鲜大葱为主，按照1:1混合，加入秘制香料搅拌均匀。将当地小麦粉用温水和面，揉成面团，擀好后抻成薄而长的面皮，涂抹少量食用油避免其粘连，在靠近自己的饼皮一端放上馅料，卷至八层，去掉两边多余的面叶，上锅蒸十分钟即可出笼。

鸳鸯饼作为莘县代表性美食，蕴含着丰富的历史文化，经过历代手口相传，已然成为鲁西地区家喻户晓的传统小吃，深受当地百姓喜爱，并逐渐融入其日常生活之中，取得了较好的传承与发展。如今，鸳鸯饼已成为该地有影响力的产业。2021

年，莘县鸳鸯饼制作技艺被列入山东省第五批非物质文化遗产名录。

（四）武术杂技

1. 临清肘捶

融太极之精髓的优秀拳种

临清肘捶是一种流传有序、内外兼修、刚柔并重的优秀拳种，为临清瑶坡村张东槐所创，将多种肘法、拳法巧妙结合，盛行于山东、河北两省。

肘捶的创始人名叫张东槐，清道光二十四年（1844）出生于临清与冠县交界的唐元乡瑶坡村。张家在当地算得上是名门望族。张东槐的父亲张汝滨写得一手好字，颇得当地知县的赏识。不仅如此，张汝滨还精通易理和中医，是当地有名的大夫。张东槐出生后，跟着父亲学过周易和医学，还曾经跟着伯祖父学习一些拳脚功夫。

在当时的瑶坡村，有两兄弟算得上是当地的恶霸了，一个叫"七阎王"，一个叫"八大王"。这俩恶霸会点功夫，专门欺压村里的果农。有一年，这俩恶霸看中了村里一对孤儿寡母家的果园，就开始不断地欺负他们，要其交出果园。而此时的张东槐，虽然会点功夫，但也知道自己的功夫未必能对付得了恶霸。于是一怒之下离开了家乡，到处寻找名师侠士，跟着他们学习各种武术，还自创了一套功夫。

几年后，学艺归来的张东槐回到村里的第一件事，就是好好教训了那两个恶霸。张东槐跟他俩一交手，所有围观的人都愣住了，因为张东槐的功夫很独特，看起来像是太极八卦的那种推手，但是速度却很快，而且力量很猛，把俩恶霸打得从此不敢回村了。张东槐用的这套功夫，就是后来的肘捶。张东槐行侠仗义，利用自己独创功夫击败恶霸的消息，迅速地传遍了当地，因此许多年轻人都愿意拜在张东槐的门下，求张东槐教授这门功夫。肘捶之名，也因此传播于整个鲁西地区。

想要学习肘捶，就要学习它的功法和理法。功法有两通、十趟捶、四季捶、八方捶及天地人字号散手等。理法主要有玩意起名说及捶论等。肘捶论是临清肘捶研究理、法用则，内外兼修，法理合一。主张学一式得一法，得一法明其所用，学一法须知法中之理，以其举一反三。肘捶的捶论对本门技法功法之要领进行了全面的论述，内容有论两通、交手谱、论身法、论进退、论静法、雷电捶、飞鞭捶、游意捶、透甲捶、伏虎捶、审机捶、缠丝捶、空敌法、无我法、论刚柔、论化境捶、论四节劲、论八面肘、论立身中正等，每一论都以诗歌而概其要旨。肘锤的功法既可单练，也可对练。习练者要根据自身的情况去揣摩功法奥义，才能发挥肘锤健体、修身、防身的作用。

临清肘捶作为我国传统武术文化的优秀代表，结合了义、医、兵学的理论，通过武术表演出来，整套拳法不仅实用还有很高的立意，可以说是理论与技法结合的优秀代表。张东槐在

临清肘捶表演（临清市文化和旅游局供图）

拳谱中写下的若干篇捶论，全面细致地论述了拳的各种性质及临敌交手时的战斗谋略、心理意识等，见识深刻独到，颇为精辟。临清肘捶的技法中包含了中国传统武艺的元素，为研究传统武艺提供了资料。2011年5月，临清肘捶入选第三批国家级非物质文化遗产名录。

2. 聊城梅花桩拳

梅花桩上练就的绝技

梅花桩是我国传统武术拳种的一种，在冀鲁豫一带十分流行，拥有两千五百多年历史。练习梅花桩的功法、技巧都是在桩上进行的，动作分为"大、小、败、仆、顺"基本五势。梅花迎苦寒而出，避百花而妍，凌寒傲霜，孤自芬芳，遂取名为

"梅花桩拳"。

关于梅花桩的起源，有很多种说法，这些说法中时间最早的，传其历史自开天辟地时便开始了，有歌谣传唱"混沌初开天地分，梅花武当共相存"。因为梅花桩年岁已久且传承时保密极严，所以明末清初之前很少有人知道，后来用"梅花桩拳"为名展现在世人眼前。有记载说，在其前百代结束后，后百代开始的第一代始祖为收元老祖，传说他降临东土，将元人度化了，是"治世干枝梅花开"的首创祖师。而梅花拳是从第三代祖师邹宏义时，才开始正式传播民间的。邹宏义将梅花拳练到了炉火纯青、出神入化的地步，他在冀鲁豫潜心传授梅花桩拳法，先后收了王西征、蔡光瑞、孟有德、邹志刚等人为徒。这几人中，邹志刚和孟有德为了进一步推动梅花桩拳的传播，就决定以内黄县城为原点，分东西两路分别进行传授，孟传东，邹传西。就这样，在二人的努力下，梅花桩拳法逐渐普及到四省十数县，甚至传拳到"京兆各领"。

孟有德在向东传播梅花桩拳的过程中，将它带到了聊城的阳谷、莘县一带，而梅花拳在此地也有过轰轰烈烈的发展。光绪二十四年（1898）十月，梅花桩第十四代传人赵三多举起了起义的大旗。为了避免其他的梅花桩组织受到牵连，赵三多思索再三后，将梅花桩拳改名为"义和拳"，在聊城冠县蒋家庄组织发动了轰轰烈烈的义和团反帝爱国运动。义和团运动最后虽然失败了，但是梅花桩拳并没有在聊城地区销声匿迹，反而在其第十五代弟子中出现了闫万森、韩升海、贾淑岐等梅花桩"八大红徒"。值得一提的是，十五代弟子中有着闫姓三兄弟——

闫万聚、闫万森和闫万测，他们都致力于梅花桩拳的传承事业，培养了韩清岐、韩金浩、宋广起、武继才、李文田、田文唐、田文良等一代梅花桩杰出人才。

梅花桩拳承载着丰富的文化内涵，梅花桩文化具有浓郁的地域特色和乡土气息，是鲁西运河文化的重要组成部分。梅花桩拳最大特点就是"桩功"，其桩阵有干支桩和八卦桩，即阴阳桩或父母桩。梅花桩拳由阴阳桩而衍生出十二趟单练、二十四趟对练、七十二手、三十六步等丰富的套路功法，可谓母子所演化，父子之精意。其拳理既合于阴阳五行、天干地支，又融于八卦易理，科学严谨，世间稀有。练习梅花桩既能强身健体、开发智慧、磨炼意志，还能感悟传统文化、振奋民族精神。

2013年8月，梅花桩拳第十八世传人孟昭力先生号召成立了聊城市梅花桩拳研究会，深入研究挖掘梅花桩拳的技法与思想，向社会推广梅花桩拳，弘扬我国优秀的武术文化。可喜可贺的是，聊城梅花桩拳分别于2014年7月和2016年4月入选聊城市和山东省非物质文化遗产名录。

3. 东阿杂技

杂技故乡孕育的绝活

东阿杂技历史悠久，源远流长，称得上中国杂技的故乡和摇篮。五千多年前，被誉为"杂技始祖"的东夷部落首领蚩尤的主要活动区域就在今天的东阿一带。到了春秋战国时期，东阿杂技可以说是极为成熟完善了。在演出时，主要以杂技表演为主，同时还融合了其他表演形式，形成了叫作"百戏"的新品种。

提到东阿杂技，就不得不提东阿王曹植。"东盛马戏班"曾流行一首锣歌子："跑马卖解上大杆，跳丸地圈流星鞭，走江行会保平安，莫忘先拜曹子建。"可见曹植对于东阿杂技之影响。曹植性情坦率自然，斗鸡赛马无所不精，且有着高超的马术技艺。只见他拉弓如满月，左右射击，每一箭都能够不差毫厘地射中靶心。又见他抬手就射中了矫捷的猿猴，俯身就射破了箭靶。曹植可谓既有大雅之才，又有大俗之才。史书记载曹植"跳丸击剑，诵俳优小说数千言"，《三国志·魏书·王粲》引《魏略》云："曹植善杂技，能胡舞，跳丸，击剑。"跳丸击剑便是古代高超的杂技技艺。魏太和三年（229），曹植被封为"东阿王"，在此之前，他结识的许多乐舞艺人便追随他来到东阿，参加百戏会。

在唐代，也有颇为擅长杂技的父女二人——花振芳和花碧莲。他们极擅舞剑，聊城地区曾有马戏艺人班子供奉花振芳的习俗，并尊称他为"花祖爷"。其女儿花碧莲也不可小觑，传说有一次她在演出中深深地吸引了唐玄宗，唐玄宗便想将她召进皇宫中，专门为其演出，并且还说要给她官位，但是花碧莲婉言谢绝了。由此可见唐代东阿杂技之兴盛。

清末民初时期，东阿涌现出大批杂技名人，像杂技艺人李半仙的弟子张鹏芳、李金芝，以及他们的弟子张正振、孟继钱、孟继恩、孟继功等人。到 20 世纪 20 年代，都已经是山东省著名的杂技艺人了。此外，东阿还涌现一批如"盖山东""草上飞"

等全国闻名的杂技名家。当时，东阿杂技马戏班有几十个。张正振于1919年创办的"东盛马戏班"，在东北各省演出，主要有《二人抬杆子》《爬大杆》《上刀山》《钻刀火门子》《钻席筒》等节目。逐渐地，马戏班的演出由"明地"演出发展成布帷圈棚演出，节目增添了驯兽、马术、武术、气功等。1921年，张正振决心将东阿杂技带出国门，便聘邀日本人竹野俊郎做翻译，从丹东市进入朝鲜演出。这是山东省历史上第一个出国的杂技班社，张正振也是第一个率团出国演出的人。他带领马戏班在朝鲜演出六年之久，足迹遍及朝鲜广大乡村和各个城市，深受朝鲜人民欢迎。1926年马戏班返回了祖国，改名为"东盛马戏团"，后又改名为"前进杂技马戏团"。

东阿杂技表演（季小芳摄）

新中国成立前后，东阿较大的杂技马戏团体有八个，小型的团体更多。1955 年，正式组建了八个杂技马戏团。上世纪60 年代以来，还涌现出许多以杂技为题材拍摄的电影，如《齐鲁英豪》《杂技英豪》《红牡丹》，其中多数演员都是东阿籍艺人。1990 年，全区共有杂技马戏团体二十多个，杂技艺人数以百计。1993 年，文化部批准在聊城建立中国少儿杂技基地，并将其列入国务院蒲公英计划。2006 年 5 月，聊城杂技被列入第一批国家级非物质文化遗产名录。

4. 南拳北腿山东查
拳脚里的鲁西尚武精神

在我国武术界素有"南拳北腿山东查"之说，虽然比起"太极""咏春"这些经常被搬上银幕的"明星"派别来说，冠县查拳的名气是稍小了些，但它也是名副其实的中国传统拳种之一，盛行于我国北方地区，尤其受到回族民众的喜爱，甚至传播到了海外。

关于查拳的起源，一种流传最广的说法是它起源于唐朝。安史之乱爆发后，朝廷向大食国借兵平叛，于是大食国派出了将领滑宗岐。在作战过程中，滑宗岐不幸负伤，流落到了冠县。当地的穆斯林村民看到他满身血污，便将其带回村子中进行悉心照料。就这样，滑宗岐在村民的照顾下，伤势逐渐好转。为了报答村民们的救命之恩，他就在闲暇之余将自己精通的"架子拳"传授给了村民们。后来，滑宗岐还联系上了自己的师兄

查拳（安文龙摄）

查元义，邀请他来到村子中传授给村民拳术"身法势"。二人去世后，冠县的民众为了纪念二人及他们和村子的这段深厚情谊，便将"架子拳"称为"滑拳"，"身法势"称为"查拳"。二人拳术本同出一家,于是冠县民众便将他们的拳法统称为"查滑拳"，简称"查拳"。

　　还有另外一种查拳的起源版本，说其起源于明朝末年。此时的东南沿海地区经常受到倭寇侵扰，戚继光奉命带兵抗击倭寇，保家卫国。有一位新疆回族人查密尔（尚义），主动随军前去抗击倭寇。不过，由于东西地区气候等条件相差太大，刚到达鲁西地区，查密尔便因为水土不服病倒了。幸运的是，在鲁西回族民众的悉心照料下，查密尔逐渐地恢复了。为了报答族人的照顾，查密尔便毫无保留地将自己的一身武艺传授给了他们。在查密尔去世后，鲁西地区的回族人民为了纪念这样一位有着大义的抗倭英雄，便将他传授的拳法称为查拳。

查拳在冠县不断发展，逐渐形成两个派别。一为"张氏"查拳，出拳快捷，拳法严谨，代表人物是冠县城外张伊庄人张其维。张其维，回族，生于1853年，是冠县查拳名家张乾的高徒。他终生好武，功夫卓绝，掌指力量惊人。他授拳非常严格，悉心督练训导，培养出一批查拳精英。二为"杨式"查拳，动作舒展，招式大方，代表人物是冠县城里南街人杨鸿修。杨鸿修，回族，生于1864年，是冠县查拳名家张金堂、马老为的得意门生。他自幼家境贫寒，练功极其刻苦，终成一代名师。民国时期，杨鸿修以"大枪杨鸿修""快拳杨"享誉武林。在查拳发展史上，张氏和杨氏两派涌现出许多查拳名家，在中国近现代武林产生了巨大影响，在中国武术史上留下了英名。

在冠县漫长的历史上，查拳的传说和著名拳师行侠仗义的故事代代相传。这些宝贵的文化遗存，在冠县已经形成了独具特色的"查拳文化"。2008年，冠县查拳被列为第二批国家级非物质文化遗产项目。

参考文献

[1] 王志民主编：《齐文化概论》，山东人民出版社1993年版。

[2] 中共聊城市委宣传部编：《中国历史文化名城聊城》，山东友谊出版社1995年版。

[3] 宣兆琦、李金海主编：《齐文化通论》，新华出版社1999年版。

[4] 安作璋、王志民主编：《齐鲁文化通史》，中华书局2004年版。

[5] 李新华著：《齐鲁工艺史话》，山东文艺出版社2004年版。

[6] 程玉海主编：《聊城通史》，中华书局2005年版。

[7] 中共聊城市委党史研究室、聊城市政协文史资料委员会编：《聊城重要历史人物》，中国文史出版社2005年版。

[8] 中共聊城市委党史研究室、聊城市政协文史资料委员会编：《聊城重要历史事件》，中国文史出版社2005年版。

[9] 宋士功主编：《聊城旧县志点注》，吉林人民出版社2006年版。

[10] 秦永洲著：《山东社会风俗史》，山东人民出版社2011年版。

[11] 吴文立主编：《聊城传统文化研究》（第一辑），九州出版社2011年版。

[12] 陈清义著：《聊城运河文化研究》，山东画报出版社2013年版。

[13] 马亮宽等著：《聊城文化史》，中国社会科学出版社2014年版。

[14] 王志民著：《齐鲁文化与中华文明》，人民出版社2015年版。

[15] 李树志、张宇平主编：《齐鲁文化概论》，中央广播电视大学出版社2015年版。

[16] 聊城市文化和旅游局编：《文脉遗馨》，济南出版社2020年版。

[17] 刘光辉、马军主编：《聊城故事》，文心出版社2020年版。

后 记

　　《丛书》（下编）的编纂，是在中共山东省委宣传部直接领导下完成的。省委常委、宣传部部长白玉刚同志统筹策划部署，并担任编委会主任，多次主持召开编委会会议，提出明确目标要求和指导意见。省委宣传部分管日常工作的副部长、省文明办主任、省新闻办主任袭艳春同志对本书的立项出版、风格设计等方面提出了许多宝贵意见。在魏长民、毕司东、程守田、张同海、冷兴邦等同志的大力指导支持下，以教育部人文社科重点研究基地山东师范大学齐鲁文化研究院为学术挂靠单位，组建了《丛书》编纂学术委员会，具体负责编纂学术指导、质量把关、终审定稿工作。山东师范大学特聘资深教授王志民任主任，山东大学儒学高等研究院教授杨朝明、中共山东省委党史研究院原一级巡视员韩延明、鲁东大学原副校长刘焕阳、山东齐鲁师范学院原副院长刘德增任副主任。

　　《丛书》（下编）为每市一卷共16卷，都列为山东省社科规划一般项目。在省委宣传部统一领导下，各市委宣传部负责本市卷的具体组织编纂工作。《丛书》编纂学术委员会制定了统一的《编撰体例》《编撰指导意见》；在主任全面负责下，分为4个片区，各由一名副主任作为首席专家具体指导，杨朝明教授：淄博、泰安、济宁、枣庄；韩延明教授：潍坊、临沂、日照、菏泽；刘焕阳教授：青岛、威海、烟台、东营；刘德增教授：济南、聊城、德州、滨州。各市委宣传部认真落实省委宣传部、编纂学术委员会的部署，大力支持编纂工作，组织有关部门与专家对提纲设计、样稿研讨、通稿定稿等关键环节，反复研讨、审议；各片区进行了多次研讨交流，相互借鉴，取长补短；各卷主编和全体编纂人员团结合作、齐心协力，付出了艰辛劳动。山东文艺出版社提前介入，对编纂工作和撰稿体例等提出了许多宝贵意见。在此，我们谨向为《丛书》编纂付出心血的各位领导、专家、作者和所有相关同志们表示诚挚感谢！

本册编纂，得到首席专家刘德增教授悉心指导，中共聊城市委常委、宣传部部长柳庆发同志，分管副部长薛兆立同志给予多方关心支持；本市尹彦超、玄志刚、狄胜涛、王兴盛、王庆友、魏聊、崔爱民、钟先华等同志提出诸多意见和建议。主编周广骞同志全面负责本册的编纂工作。具体撰稿分工如下："名胜古迹"部分由周广骞撰写；"历史风云"部分由高元杰、郑民德、王玉朋撰写；"非遗撷英"部分由胡梦飞撰写。

由于学识水平与编纂时间所限，不足之处在所难免，敬请专家和读者批评指正。

编者

2023 年 8 月